Jeanette Rozsas

KAFKA
e a marca do corvo

*Romance biográfico sobre
a vida e o tempo de Franz Kafka*

GERAÇÃO
EDITORIAL

KAFKA E A MARCA DO CORVO
Copyright © 2009 by Jeanette Rozsas
2ª edição — junho de 2009

Grafia atualizada segundo Acordo Ortográfico da Língua Portuguesa
de 1990, que entrou em vigor no Brasil em 2009

Editor e Publisher
Luiz Fernando Emediato

Diretora Editorial
Fernanda Emediato

Capa
Alan Maia

Projeto gráfico
Genildo Santana/ Lumiar Design

A imagem utilizada na página 183 faz parte do acervo
da Biblioteca Mário de Andrade

Preparação de texto
Marcia Benjamim Oliveira

Pesquisa Iconográfica
Monica de Souza

DADOS INTERNACIONAIS DE CATALOGAÇÃO NA PUBLICAÇÃO (CIP)
(Câmara Brasileira do Livro, SP, Brasil)

Rozsas, Jeanette
Kafka e a marca do corvo : romance biográfico
sobre a vida e o tempo de Franz Kafka / Jeanette
Rozsas. – São Paulo : Geração Editorial, 2009.

Bibliografia.
ISBN 978-85-61501-22-8

1. Escritores austríacos - Século 20 -
Biografia 2. Kafka, Franz, 1883-1924 I. Título.

09-03357   CDD-838.092

ÍNDICES PARA CATÁLOGO SISTEMÁTICO:
1. Escritores austríacos: Biografia 838.092

GERAÇÃO EDITORIAL

Administração e Vendas
Rua Pedra Bonita, 870
CEP: 30430-390 — Belo Horizonte — MG
Telefax: (31) 3379-0620
Email: leitura@editoraleitura.com.br

Editorial
Rua Major Quedinho, 111 — 7º andar - cj. 702
CEP: 01050-030 — São Paulo — SP
Tel.: (11) 3256-4444 — Fax: (11) 3257-6373
Email: producao.editorial@terra.com.br
www.geracaoeditorial.com.br

2009

Impresso no Brasil
Printed in Brazil

Agradecimentos

A Walter Weiszflog, pela sua leitura atenta dos
originais, as sugestões preciosas e, sobretudo, sua amizade.

A Miguel, Guilherme,Victoria e Marcelo, sempre.

Agradecimentos especiais a Fábio Lucas e Paulo Henriques Britto,
pelo incentivo.

A Modesto Carone, pelas magníficas traduções e comentários
sobre o Gênio de Praga, que muito me ajudaram na pesquisa.

"*Certa manhã, ao despertar de sonhos intranquilos,
Gregor Samsa encontrou-se em sua cama
metamorfoseado num inseto monstruoso.*"

(Franz Kafka, A Metamorfose)

"*Depois da metamorfose de Gregor Samsa o
mundo em que nos movemos tornou-se outro.*"

(Heinz Politzer – *Kafka, der Künstler*)

"*Precisamos de livros que nos afetem como um
desastre, que nos entristeçam profundamente,
como a morte de alguém a quem tenhamos
amado mais do que a nós mesmos, como ser
banido para florestas isoladas de todos, como
um suicídio. Um livro deve ser o machado
para o mar enregelado que temos
dentro de nós.*"

(Franz Kafka, Cartas)

ÍNDICE

Algumas palavras da autora..13
Por que Kafka?..13
Introdução – Praga e a Cidade Velha........................15

CAPÍTULO I
Praga e um menino chamado Franz – 1882 a 1889..........17

1. Praga – Em busca de um futuro melhor.................21
2. À espera do primeiro herdeiro.............................23
3. Nasce um garotinho chamado Franz....................26
4. O menino dos olhos tristes..................................27
5. A família cresce..28
6. Luto...29
7. Quatro anos e mais um irmão..............................31
8. Métodos educacionais do Senhor Kafka...............32
9. O peso de ser filho único.....................................33

CAPÍTULO II
1890 a 1901 – Tempos de escola...............................35

10. Novidades: a escola e uma irmã.........................39
11. Primeiro dia de aula..41
12. O senhor Kafka "ensina" o filho a obedecer........45

13. Um pai do tamanho do mundo..48
14. Mais duas irmãs...50
15. Muita imaginação e terríveis fantasias.....................................52
16. Uma educação esmerada...53
17. O *Bar Mitzvah*..57
18. No ginásio...58
19. Vida saudável, as irmãs e os primeiros escritos........................61
20. Festas em família..62

CAPÍTULO III
1902 a 1912 – A Universidade e uma grande amizade........................65

21. Decidindo o futuro do filho...69
22. O grande amigo Max Brod...71
23. Uma vida dentro do círculo..72
24. A primeira publicação e uma viagem a Paris............................74
25. Paris é listrada..76
26. Os cafés de Praga e o Teatro iídiche..77
27. Ideias sombrias...80

CAPÍTULO IV
1912 a 1917 – Felice, o primeiro compromisso amoroso...................85

28. Nova viagem, um longo namoro e intensa produção literária.......89
29. Um mar de cartas e de dúvidas..93
30. Uma confissão..96
31. Fim de caso..98
32. A irmã rebelde e cúmplice...99

CAPÍTULO V
1919-1920 – Julie, nova publicação e um jovem amigo....................107

33. Oito meses tranquilos...111

34. Um novo amor..112
35. Conversas filosóficas com um jovem amigo...................116

CAPÍTULO VI
1920 – Milena, a grande paixão..119

36. A paixão de Kafka..123
37. O mal se agrava..129
38. Um pedido impossível de atender...............................134
39. Num balneário às margens do Báltico.........................135

CAPÍTULO VII
1923-1924 – Dora, o amor que liberta..............................139

40. Dora Diamant..143
41. Expectativas frustradas...146
42. As garras da "mãezinha" finalmente soltam sua presa....147
43. Um idílio...150
44. Um ser humano como poucos....................................152
45. Amostra da felicidade eterna.......................................159
46. Uma nova produção e a última obra...........................160
47. O triste dia em que o mundo perdeu um gênio..........164
48. De volta a Praga...166
49. Um adeus emocionado...167

Epílogo...169
Para ir além...170
Kafka está no Brasil...171
Principais datas e obras...173
Aperitivos...175
Obras consultadas..177
Notas da autora...179

Algumas palavras da autora

*"Corvo, dizia eu, corvo da desgraça, que estás fazendo aí em meu caminho?
Onde quer que eu vá, acho-te pronto a encrespar tuas ralas penas. Importuno!"*

(Franz Kafka, *Diários*)

Por que Kafka?

Uma inteligência superior aliada a um talento sem limites e uma paixão que o leva por um caminho estreito em busca de um ideal maior; este é Franz Kafka, o escritor que mudou a literatura do século XX.

O garoto tímido que morre de medo e admiração pelo pai tirano, o jovem inseguro e hesitante, o homem que luta contra seus próprios demônios, o amante que tem medo do amor. Ele escreveu obras grandiosas num estilo seco e cortante. Sua literatura é, no mínimo, perturbadora.

Por meio de situações intoleráveis, Kafka dá voz à penosa condição humana num mundo que já começava a se esfacelar. Sua obra parece profética ao anunciar o abandono, o sofrimento, o espanto diante do inexplicável, do tenebroso, do absurdamente sem sentido.

Felizmente a morte o colheu antes dos horrores a que estaria, sem dúvida, condenado nos campos de concentração, onde morreram suas irmãs, sobrinhos, cunhados e muitos dos seus amigos.

O campo de concentração é a materialização do pesadelo *kafkiano*.

O nome Kafka, em tcheco, significa corvo.

Praça da Cidade Velha, com a torre da prefeitura e da igreja Tein. A extrema esquerda, a casa onde Kafka passou a infância.

Introdução

Praga e a Cidade Velha

Praça da Cidade Velha. O ano não precisa ser definido, pois nela a cronologia se embaralha. Pouca coisa mudou. O mês é julho e faz calor. Praga é maravilhosa em qualquer estação do ano, mas no verão ganha reflexos que fazem resplandecer suas cúpulas e monumentos. No inverno, entretanto, a neve que cobre a cidade, o frio intenso, as árvores nuas a tornam cinzenta e opressiva, até um tanto lúgubre.

O rio Moldava, ou Vltava em tcheco, que atravessa Praga de norte a sul, modifica não só a paisagem como também todo um universo. Numa das margens estende-se a Stare Mesto, a Cidade Velha, toda plana. Na outra margem, o bairro de Mala Strana, com suas mansões, igrejas e palácios, serpenteia pelos flancos de uma encosta, encimado pelo Hradcany onde fica o Castelo de Praga, na verdade um complexo de edificações formado pelo palácio real, a Catedral de São Vito, o casario, ruas, alamedas, jardins, praticamente uma cidade murada dentro de outra. O Castelo se impõe sobre a cidade, e lá de cima pode-se ver o rio Moldava, em cujas águas cisnes deslizam altivos, ignorantes da própria beleza. Assim como Praga.

Nas ruelas da Cidade Velha ouve-se algum barulho, um cachorro que late, conversas esparsas numa língua ininteligível. Passos ecoam nos paralelepípedos irregulares. À medida que se entra pelos becos escondidos, é como se o passado nos alcançasse. A nota de atualidade chega com a guia que reúne o grupo de turistas e aponta os lugares que marcaram a vida de um gênio.

Na vizinhança, um recém-nascido chora. Poderia ser o primeiro filho daquele jovem casal da casa de esquina que para lá se mudou há um ano. Mas isto foi em 1883. Hoje, só uma placa comemorativa. A moça já morava na velha praça antes mesmo de se casar, no número 20. O café da casa ao lado era dirigido por um tio e no número 16, o escritório de advocacia de outro parente do menininho cujo choro o vento carrega, brincando com nossa imaginação. O relógio astral, as belas casas, a Igreja de São Nicolau, o Palácio Kinsky, as antigas ruelas, memórias que lá se encontram há bem mais de um século.

Estas ruas, casas, monumentos, a Cidade Velha, a Praça e a própria Praga não foram mais as mesmas desde o dia em que, na casa de esquina de número 24, nasceu aquele que viria a se tornar um dos maiores escritores de todos os tempos.

Kafka era mestre em extrair ambiguidade e incerteza do texto, por meio de uma prosa enxuta e clara. Não há estratagemas linguísticos para cooptar o leitor. Tudo é simples, direto, econômico, o que torna mais estranho o clima que transmite.

A amarga ironia que envolveu sua vida e sua obra se traduz até na fama não desejada (e ao mesmo tempo ambicionada) que só chegou postumamente.

Quem sai do emaranhado das ruelas e volta à praça principal, caminha com o tempo. Retornamos ao presente, no qual milhões de turistas, o ano todo, se maravilham com a beleza da cidade e compram souvenires nos inúmeros quiosques: camisetas, cadernos, *mouse pads*, canecas, aventais, marcadores de páginas, lápis, canetas e uma infinidade de objetos com a inscrição *Praga* e a imagem de um rosto anguloso, de onde olhos profundos observam com um certo espanto.

Depois que sua obra foi trazida a público nos meados do século XX, Praga e Kafka passaram a ser uma só entidade.

Se ele pudesse se ver metamorfoseado em *pop star* e reverenciado por estudiosos do mundo inteiro, provavelmente afirmaria: *"que eu fique aqui na sarjeta juntando toda a água da chuva, ou que com os próprios lábios beba champanha sob os candelabros, para mim é a mesma coisa."* (*Diários*)

CAPÍTULO I

Praga e um menino chamado Franz – 1882 a 1889

Casa onde nasceu Kafka

Aos 5 anos

Os pais, Hermann e Julie

1. Praga – Em busca de um futuro melhor

Fazia calor em Praga naquela terça-feira, 3 de julho de 1883.

Hermann Kafka levantou-se mais feliz, ainda que justificadamente preocupado: sua mulher, Julie, começara a ter as primeiras contrações de madrugada e algo lhe dizia que antes que a noite chegasse, seu herdeiro estaria neste mundo, chorando a plenos pulmões como um verdadeiro Kafka. A sua era uma família de homens robustos, altos, vivazes e não lhe parecia possível que um filho viesse a ser diferente. Verdade que Julie, a bela e frágil Julie, vinha de gente menos exuberante, ainda que pertencente a um meio social superior ao dos Kafka. Mas logo afastou a ideia de que o garoto viesse a puxar pelo lado materno. Sim, claro que seria um garoto. Julie não iria decepcioná-lo trazendo à luz uma menina. Ela mesma lhe prometera mais de uma vez.

— Hermann, vou dar a você o filho que sempre quis para iniciar a família. Mas depois, quero uma menina para me fazer companhia.

— Sim, querida, mas primeiro, um menino. Em seguida, mais um e de novo, mais um. Quem sabe no quarto eu faço a sua vontade e teremos uma garotinha, hein?

Julie resmungava um pouquinho, mas ficava feliz com a felicidade do marido. Nunca imaginara que a vinda de um filho representasse tanto para aquele homem forte, alto e barulhento.

Para Hermann, o casamento com Julie tinha sido um dos melhores negócios que fizera. Ele vinha de família de classe baixa, o avô e o pai tinham sido açougueiros religiosos, ou seja, exerciam a profissão de acordo com ditames específicos da lei judaica.

Nascido numa cidadezinha do sul da Boêmia em 1852, cresceu num casebre onde dividia o mesmo cômodo com os irmãos, seis ao todo, quatro meninos e duas meninas.

O pai, Jacob, tinha a fama de ser um homem muito forte, dizia-se até que conseguia levantar um saco de farinha com os dentes, mas por mais que trabalhasse, o dinheiro era sempre pouco e foram muitas as vezes em que chegaram a passar fome. A mãe, Franziska, apesar das dificuldades, tratou de criar o melhor possível os filhos, que considerava as únicas alegrias de sua vida. Muito trabalhadeira e gentil, era tida como curandeira, e sempre atendia aos chamados quando havia alguém doente na aldeia.

Desde pequeno Hermann ajudara o pai no trabalho. Aos sete anos puxava uma carroça pela aldeia, entregando carne para os fregueses de manhã até a noite, fizesse frio ou calor. Muitas destas entregas eram feitas em lugares distantes, e lá ia o filho do açougueiro puxando um peso tão grande, sem sequer pensar em reclamar. Ao completar treze anos, depois de seu *Bar Mitzvah*, quando pela lei judaica passou a ser considerado um homem, foi mandado para a casa de um tio, onde trabalhava por algumas moedas que enviava para o sustento da família. Mais tarde tornou-se vendedor ambulante, percorrendo cidades e aldeias com os mais variados artigos. Aos 20 anos se alistou no exército onde, graças ao esforço e dedicação, em três anos foi promovido a cabo. Deixou as fileiras para retornar ao cansativo e pouco rendoso trabalho de ambulante.

Mas suas aspirações iam bem além. Já estava com trinta anos e buscava uma situação mais estável: casar, ter a própria família, trabalhar em alguma coisa que proporcionasse conforto e posição social. O destino para a realização de tais sonhos só podia ser Praga, a cidade grande, a bela capital. Lá, sim, havia possibilidades de crescimento pessoal e financeiro.

Foi, portanto, sem tristeza que Hermann Kafka se despediu da cidade natal, deixando para trás a torre da igreja, as pequenas casas, o verde dos campos onde brincara com os irmãos e os amigos no pouco tempo de lazer que lhe sobrava. Deu as costas ao passado, do qual não guardava recordações muito agradáveis.

Quando conheceu Julie, viu nela a companheira perfeita. Judia como ele, vinha de certa aristocracia financeira. Sua família – os Löwy – era considerada culta, educada, elegante, e não fosse o temperamento atirado de Hermann, jamais teria tido a coragem de se aproximar de uma moça tão acima do seu nível. Julie nascera rica, filha de um cervejeiro muito bem-sucedido em Podebrady, uma cidadezinha às margens do Rio Elba, na parte leste da Boêmia. Era ainda bem pequena quando perdeu a mãe, vitimada pelo tifo. O pai, então, decidiu vender o negócio e mudou-se com a família para Praga, onde comprou uma moradia na Praça da Cidade Velha.

Dessa casa, no número 20, Julie sairia para se casar com Hermann alguns meses mais tarde. E ele ainda conseguiu convencer o sogro a entrar de sócio no negócio que pretendia montar e que haveria de trazer fortuna para ambos. Estavam dados os primeiros passos para alcançar seu objetivo.

2. À espera do primeiro herdeiro

Assim que chegou à capital, Hermann concluiu que tinha acertado em se mudar. Como Praga era linda!

Não se cansava de admirar os palácios, as catedrais, os teatros, os jardins, os monumentos. A cidade transpirava poder e riqueza.

Na época em que viveu a família Kafka, Praga era a capital da Boêmia e pertencia ao Império Austríaco (ou Império Austro-Húngaro, a partir de 1867) havia três séculos. A língua oficial era o alemão. No entanto, o idioma local, o tcheco, sobreviveu graças ao povo, que continuava a usá-lo no dia a dia.

Hermann deixou a bagagem num alojamento e saiu para conhecer os arredores. Tão fascinado estava com tudo o que via, que se esqueceu do tempo e ficou horas e horas explorando as ruelas e becos da parte mais antiga, que era chamada de Cidade Velha. Pouco antes do meiodia, viu um ajuntamento se formar diante do grande relógio da Praça da Municipalidade. Curioso, juntou-se ao grupo, que aumentava cada vez mais. Quando soaram as doze badaladas, ficou abismado: a cada uma, saía de dentro do relógio uma figura representando um apóstolo. Era um espetáculo imperdível.

No passado, aquela mesma praça testemunhara muitos horrores: os Cruzados promovendo o extermínio dos 'infiéis', a Inquisição fazendo execuções e torturas, fogueiras nas quais os considerados hereges eram queimados vivos, corpos mutilados deixados à exposição pública. Mas a praça assistira também a muitas festas, cortejos de reis, rainhas e nobres, acompanhados pelos vivas do povo, enquanto os sinos das igrejas soavam juntamente com o rufar de tambores e salvas de canhões. E continuava, ainda naqueles dias, a ser o centro de todas as festividades, especialmente as folclóricas e as celebrações religiosas, como o Natal e a festa de Corpus Christi, quando então era toda decorada com flores e por ela passavam procissões, acompanhadas de muita música. Eram novidades que Hermann não tardaria a ver.

Quando as figuras do relógio da praça se recolheram e a plateia se dispersou, ele caminhou até a ponte chamada Ponte Carlos. Construída no século XIV por ordem do Imperador Carlos IV, foi durante muito tempo a única ponte de pedra sobre o Moldava. Com suas estátuas de bronze em cima das amuradas, ligava a Cidade Velha a Mala Strana. Hermann notou logo um curioso crucifixo de ferro com inscrições em hebraico, onde se lia "*Santo, Santo, Santo Deus*", reproduzido em latim, tcheco e alemão. Perguntou a um passante o porquê daqueles dizeres em várias línguas e foi informado ter sido a penalidade imposta a um judeu que, em 1695, passando pela ponte, manifestou seu desprezo pelo crucifixo que a decorava. Foi, por isso, condenado a aplicar as frases em metal dourado, às suas próprias expensas.

Apoiado no parapeito, o recém-chegado ficou a admirar o rio Moldava que brilhava ao sol. De quando em quando, arriscava um olhar para o topo da montanha, onde um grande castelo se recortava contra o céu. As dezenas de janelas fechadas davam a impressão de que não vivia ninguém naquele colosso.

Com o dinheiro que o futuro sogro lhe adiantou e outro tanto que conseguira economizar em anos de moderação, encontrou um pequeno imóvel para alugar, onde abriu um negócio, uma loja de aviamentos — linhas, tecidos e miudezas. Ao mesmo tempo, alugou acomodações modestas na casa de número 24 da Praça da Cidade Velha e para lá se mudou com Julie após as bodas na sinagoga local. Era uma construção de esquina, próximo à Igreja de São Nicolau e bem no limite do bairro judeu, o gueto formado por um emaranhado de vielas sujas e mal iluminadas. Até poucos anos antes, os judeus eram obrigados a viver lá, separados do resto da cidade. Tal determinação caiu em todo o império Austro-Húngaro a partir de 1867. Hermann deu-se por satisfeito de poder morar fora de tal lugar, ainda que a simples proximidade não lhe agradasse.

Tudo isso lhe vinha à memória enquanto andava até sua loja. Assim que chegou, pôs os pensamentos de lado e chamou os dois empregados que serviam no balcão. Havia muita coisa a fazer: além de atender a clientela, ele próprio cuidava de toda a escrituração da firma e da correspondência.

— Bom dia, Josef, bom dia, Stephan.

— Bom dia, senhor Kafka — os dois moços responderam quase ao mesmo tempo. Tinham um certo temor reverencial por aquele patrão alto e forte, sisudo e autoritário, cuja voz parecia um trovão.

— Alguém me procurou?

— Não até agora.

— Bom, vou tratar do expediente. Só me interrompam se for alguma coisa muito urgente.

Hermann caminhou até sua sala, fechando-se por dentro. Todas as manhãs ele começava as atividades examinando os papéis e as cartas. No final do dia, fazia o livro-caixa. Era essa a rotina, que os empregados nem pensavam em quebrar.

Mas aquele dia seria diferente. Lá pelas tantas, Josef, empregado havia mais tempo na loja, bateu à porta do chefe. O sobrinho da cozinheira viera avisar que a criança já ia nascer.

Hermann ainda deu algumas instruções e saiu a passos largos e firmes, cobrindo rapidamente a distância que separava o trabalho da casa.

Durante o percurso, pensava consigo mesmo: "Tudo o quanto planejei está dando certo. Consegui sair daquele fim de mundo onde nasci, vir para Praga, casar com uma boa mulher, abrir meu próprio comércio e agora meu filho vai nascer. Um filho! Um Kafka para continuar a família. Há de ser forte, barulhento e desbocado como eu e meus irmãos. Não vejo a hora de pôr os olhos neste malandro! Os negócios estão indo bem, não vai demorar para que possamos mudar para uma casa melhor. Afinal, sou pai de família. Meu filho não vai viver nunca num casebre como eu mesmo vivi, nem vai passar as dificuldades pelas quais passei. Palavra de Hermann Kafka".

3. Nasce um garotinho chamado Franz

O menino nasceu miúdo, após um longo trabalho de parto. Foi registrado na sinagoga com o nome de Franz, em homenagem ao imperador Franz Josef, e a vida na casa dos Kafka continuou tranquila. O bebê era quieto, só chorava quando estava com fome. Era de boa índole, como Julie não se cansava de repetir, encantada.

No entanto, desde que botou os olhos no filho pela primeira vez, Hermann decepcionou-se.

— Não tem nada dos Kafka, Julie.

— Querido, ele acabou de nascer. Todos os nenezinhos são iguais nos primeiros dias. Vamos ver com quem se parecerá quando crescer mais um pouco.

Hermann não se convenceu.

— Esse garoto parece ter puxado mais os Löwy. Enfim...

Havia nesse comentário obviamente um certo despeito pela diferença de origem das duas famílias.

Os Löwy podiam ser ricos e respeitados intelectuais, mas nem de longe tinham a força física e o porte avantajado dos Kafka. A criança, além de muito magra, tinha cabelo bem negro, como a família materna.

No dia 10 de julho, uma semana após o nascimento de Franz, o rabino veio à casa de Hermann e Julie para circuncidar o recém-nascido. O padrinho escolhido foi Angelus Kafka, primo de Hermann, um rico comerciante de vinhos. Alguns poucos amigos e parentes assistiram à cerimônia e festejaram em seguida. Hermann olhava para o filho e balançava a cabeça, murmurando:

— Hmmm, a cada dia que passa esse menino fica mais parecido com os Löwy.

4. O menino dos olhos tristes

Franz crescia. Olhos escuros, profundos, sombreados por longos cílios ressaltavam a magreza, apesar dos esforços angustiados de Julie para fazer o menino comer. Além disso, continuava muito quieto, nem um pouco expansivo e seu riso era tímido.

— Será que esse menino tem algum problema, Julie? Nunca vi uma criança tão séria.

— Não, querido. Franz é assim por ser filho único. Quando nascer a irmãzinha, ele vai mudar muito, você vai ver.

Naquela época, Julie estava quase para dar à luz de novo e jurava que seria uma menina, se bem que Hermann torcesse por outro menino, quem sabe mais parecido com o filho que imaginara.

E realmente foi assim. Franz não tinha nem dois anos quando seu irmão Georg nasceu, forte e corado, bem como o pai desejara. O pequeno chorava a plenos pulmões dia e noite, não havia nada que o aquietasse. Era guloso e Julie temia não ter leite suficiente para aquele filho comilão. Se a coisa continuasse assim, precisariam contratar uma ama-de-leite. Hermann ria, satisfeito:

— Este sim, hein, Julie? Um verdadeiro Kafka! Veja como chora forte, exigente.

Aos domingos saíam os quatro, Julie, muito elegante e bem vestida, nem parecia ter acabado de dar à luz, de braço dado com Hermann.

Pela mão, quase arrastado, vinha Franz, magricela e quieto. Pouco atrás, a empregada empurrava o carrinho de Georg.

Num desses passeios, Hermann viu uma casa que estava para alugar no número 56 da Praça Venceslau. Ficou interessado imediatamente: a deles, além de se situar na confluência do bairro judeu, era muito simples e logo ficaria pequena para a família, caso mantivessem o ritmo de um filho a cada ano. Já a outra localizava-se numa zona mais elegante. Os negócios floresciam; era preciso ter um padrão de vida à altura. Decisão tomada, não se passaram nem quinze dias quando, num final de tarde, ao chegar do trabalho, o marido estendeu um documento à esposa:

— O que é isto, Hermann?

— Leia — ele respondeu, com um sorriso.

À medida que Julie ia lendo, seus olhos se arregalavam.

— Hermann, você alugou a casa! Mas o preço!?

— Eu posso pagar, mulher. Se não pudesse, não alugaria, ora.

— E a nossa casa, esta daqui? Eu gosto tanto dela.

— Pois vai gostar mais da outra, senhora Kafka — ele respondeu, bem-humorado. É ampla, tem espaço para os meninos brincarem.

5. A família cresce

As semanas seguintes foram de muita agitação: duas crianças pequenas e uma mudança que parecia não ter fim. Por sorte, desde que se casaram tinham contratado Marie, uma tcheca que cozinhava, arrumava e agora ajudava a cuidar dos pequenos. Finalmente, em maio de 1885, a família Kafka mudava-se para a nova casa.

Os meninos realmente contavam com mais espaço e Georg, barulhento e risonho, engatinhava por todos os lados.

Mas o inverno veio mais rigoroso do que nunca.

Julie achava a nova casa mais fria do que a anterior, talvez porque fosse maior. Na verdade, ela sentia falta da outra casa, que decorara com tanto carinho. No entanto, não havia do que reclamar: a vida lhes sorria em todos os sentidos.

A neve cessara fazia alguns dias e tudo indicava que o tempo ia melhorar. Numa das estiagens, Julie levou os dois meninos ao parque, enquanto ela, sentada no banco, tricotava um casaquinho para Georg, que crescia depressa demais. Olhou seus filhos, cheia de amor: Franz, aos dois anos e meio, parecia um homenzinho compenetrado. Georg, ao contrário, tão alegre e corado. De súbito, Julie deu-se conta de que havia algo errado. O garoto parecia exageradamente vermelho. Aproximou-se, pôs a mão na testa do filho e notou que estava quente. Ficou preocupada. Contra a vontade dos meninos, levou-os de volta para casa.

À noite, transmitiu suas preocupações ao marido.

— Pare de imaginar coisas, Julie. O menino é forte como um touro e os Kafka têm este tom sanguíneo. Isso é sangue bom.

Mas durante a madrugada, a temperatura foi subindo e Georg respirava com dificuldade. Seu choro ia se tornando angustiado e cada vez mais fraco. Ele ardia em febre. Hermann decidiu buscar o médico. Bastou um rápido exame para que viesse o diagnóstico:

— O menino está com sarampo, senhor Kafka.

— Tem como curá-lo, não tem? — perguntou, apreensivo

— Ele é pequeno e a febre está altíssima. Vamos ver se o organismo consegue lutar. Faremos o que for possível.

O médico receitou banhos frios, aplicou um cataplasma no doentinho, que agora mal conseguia gemer, e retirou-se, com ar preocupado.

De manhã, Franz voltava a ser filho único.

6. Luto

A casa estava enlutada. Julie procurava esconder a dor trabalhando o dia todo na loja, ao lado do marido. Franz ficava com a empregada, que disfarçava uma lágrima ou outra enxugando os olhos com a ponta do avental. Hermann tornou-se taciturno. Georg deixava um silêncio estranho, que o tímido Franz não conseguia preencher.

Os negócios, no entanto, melhoravam a cada dia. Hermann gostava de ter a mulher a seu lado para ajudá-lo nas vendas; sua presença discreta lhe infundia segurança. Cada vez mais se acercava dos ricos comerciantes tchecos de língua alemã, afastando-se lentamente da religião de seus pais, o judaísmo. Para ele não interessava, em termos do bom andamento dos negócios, deixar muito patente de onde viera. Ainda mais que sentimentos antissemitas se acirravam. Em dezembro de 1887, por exemplo, houve um levante durante o qual as lojas e casas dos judeus foram atacadas. Os Kafka, por sorte, foram poupados por serem considerados, sobretudo tchecos, talvez em razão do sobrenome, que certamente fora modificado quando o primeiro Kafka chegou a Praga.

Assim, decidiu mudar-se com a família para outra casa, cada vez mais distante do bairro judeu.

Dessa vez, Julie se opôs. Não se sentia animada a enfrentar nova mudança.

— Hermann, quero ficar aqui nesta casa onde Georg viveu.

— Pois eu acho melhor nos mudarmos, Julie. Ficar aqui não vai trazer nosso filho de volta.

Franz também não gostou de se mudar. Estava acostumado com a casa, até mesmo tinha feito amizade com um garotinho que morava por perto.

Mas de nada adiantava querer ou não querer se o pai havia decidido.

Foi numa manhã cinzenta de agosto de 1888, que deixaram o lar. No fiacre que os levou para a casa nova, Franz foi durante todo o trajeto abraçado à mãe, ambos lutando contra as lágrimas, ela se lembrando de dias felizes que ficavam para trás, ouvindo cada vez mais longe as risadinhas de Georg; ele, se sentindo inseguro diante de tantas mudanças bruscas.

De fato, não foram felizes no novo lar. Julie, grávida outra vez, teve uma gestação complicada e ficou boa parte do tempo em repouso. Franz se sentia sozinho e não conseguia encontrar o aconchego de seus lugares preferidos: os cantos onde gostava de brincar, as manchinhas no teto que durante horas ficava observando e que procurava associar a bichos, a vista da janela do seu quarto, a curva das escadas, seus esconderijos quando queria ficar sozinho. Era um mundo só seu que deixara a contragosto. Não queria fazer novas marcas nesta casa para não se apegar, muito menos amigos. Pois até o irmão não tinha ido embora?

Só Hermann parecia satisfeito. Fizera ótimos negócios e atribuía o sucesso à mudança, que o alçava socialmente. Moravam agora numa rua à altura de suas pretensões: elegante, com um comércio sofisticado de secos e molhados, *delicatessen*, livrarias e papelarias, cafés, teatros, tavernas. Todas as pessoas que interessavam social e comercialmente podiam ser encontradas nessa rua.

O apartamento ficava num lindo edifício muito antigo, construído sobre ruínas romanas, e fora habitado por várias personagens ilustres: o tribuno romano Cola de Rienzo, o poeta Francesco Petrarca, a mártir Ludmila, avó do Rei Venceslau e até mesmo o Dr. Fausto, aquele que diziam ter vendido a alma ao diabo em troca de fama e juventude eternas, todos esses tinham o nome ligado à casa onde agora ele, Hermann Kafka, habitava com sua família.

Nada mal para quem viera de uma aldeiazinha trazendo na bagagem apenas esperanças e muita força de vontade. Frequentava ambientes cada vez mais prósperos e evitava ir à sinagoga. Só mesmo nas datas muito importantes é que comparecia aos ofícios religiosos, levando o filho consigo.

Os tempos de privação que amargara na infância e juventude definitivamente ficavam para trás. O sonho de ascensão social se concretizava.

7. Quatro anos e mais um irmão

O quarto aniversário de Franz foi um pouco mais feliz. Sua mãe dera à luz um menininho, Heinrich, e todos estavam alegres. A criança parecia bem, ainda que sem a vitalidade de Georg. Era um misto dos Kafka e dos Löwy, e o achavam parecido com Franz que, todo contente quando ouvia o comentário, passava horas ao lado do berço do irmão, a quem parecia estar se apegando muito.

Julie ficava feliz com essa proximidade, vendo em Heinrich, o aminguinho que levaria Franz a se tornar um pouco mais expansivo. Seis meses mais tarde, Heinrich acordou aos berros. Chamaram o médico. O menino estava com otite e seu organismo não foi forte o bastante para vencer a infecção. Dessa vez, o pequeno Franz sentiu profundamente e chorou junto à mãe que, de tão arrasada, mal tinha forças para consolá-lo. O pai se fechou em copas. Terminado o serviço fúnebre, decidiu que mudariam daquela casa sem perda de tempo.

No final da primavera de 1889, a família Kafka estava instalada em outro local, bem distante do bairro judeu e do passado.

O edifício, também uma construção muito antiga e bonita, tinha na entrada a insígnia de um leão segurando nas garras um escudo com o brasão dos apotecários, que eram os farmacêuticos da época. Por quase cento e trinta anos lá funcionou uma loja que preparava toda espécie de poções e unguentos. Fechada em 1850, era um endereço tradicional.

Os Kafka ocupavam um apartamento no primeiro andar. Por algum motivo, Hermann resolveu se fixar. Foi assim que Franz pôde passar sete anos, boa parte da infância e o início da adolescência, na mesma casa.

8. Métodos educacionais do Senhor Kafka

— Mamãe, quero água!

Era noite e os Kafka já estavam na cama: Julie e Hermann no quarto de casal e Franz, no quarto ao lado. Ele era ainda muito pequeno e o sono não vinha. Então, ou para chamar a atenção dos pais, ou porque estivesse mesmo com sede, começou:

— Mamãe, quero água!

Foi o pai quem respondeu, severo:

— Fique quieto e vá dormir.

— Estou com sede! Quero água, quero água! Mamãe, vem me dar água!

— Estou avisando, Franz... — o pai rugiu.

— Mas papai, estou com sede! Quero água, quero água, quero água!

Passos fortes se aproximaram. Franz iria aprender a reconhecer o humor paterno por meio daqueles passos e a temê-los. O pai escanca-rou a porta:

— Ah, não quer me obedecer, é? Vamos ver.

Com um riso malvado, tirou o garoto da cama e fechou-o do lado de fora do terraço. A noite estava escura. Franz, usando só um leve pijama, sentia frio e medo. Começou a berrar e chorar, apavorado por estar trancado. Não saberia dizer quanto tempo se passou até que o pai reapareceu.

— Vá imediatamente para a sua cama. E nem uma palavra de contestação.

Foi essa uma das primeiras cenas do "método educacional" de Hermann Kafka, que o filho nunca mais esqueceu. Outras viriam, como por exemplo, deixar a cinta no espaldar da cadeira durante as refeições. Ou dizer que o picaria em pedaços como a um peixe. Melhor que tivesse apanhado, pensava Franz, mas isso nunca aconteceu. As ironias, os xingamentos, o desdém, as ameaças, o mau-humor constante, tudo era bem pior do que alguns tapas.

9. O peso de ser filho único

Como foram longos para Franz os anos que se seguiram!

Sua mãe se recuperou aos poucos, voltou a aparentar alegria e era sempre carinhosa com o filho. Mas tornara-se o braço direito do marido nos negócios e não deixava de trabalhar um dia sequer.

Hermann, no entanto, tornava-se cada vez mais autoritário e intratável.

Uma ou outra vez, cismava de carregar o filho consigo para a loja e então era um verdadeiro horror. O menino via o pai gritando com os empregados, ameaçando, xingando, e isso o deixava numa confusão de sentimentos. Achava que era a ele que o pai ofendia. Não entendia o porquê daquelas explosões.

— Seus idiotas, incompetentes. Se eu chegar aqui amanhã e encontrar estas estantes na bagunça, vou arrebentar vocês.

Os berros, vindos daquele homenzarrão rubro de raiva, deixavam os empregados assustados.

— Mas senhor Kafka... — aventurou-se um deles num desses rompantes.

— Mas o quê? Como você ousa me contestar. Cale-se imediatamente antes que eu o atire na rua com um pé no traseiro.

Em casa não era muito melhor o ambiente. Verdade que ele não berrava, mas se mantinha carrancudo todo o tempo, o que era quase pior.

Sua expressão só se atenuava quando estava diante de fregueses importantes. Conseguira formar um círculo de amigos, que convidava de tempos em tempos para almoçar com sua família. Nessas ocasiões, desdobrava-se em gentilezas, chegando até a afagar a cabeça de Franz, que se encolhia.

— Vejam como meu filho é medroso. Basta pôr a mão na sua cabeça e ele se encolhe como um ratinho! — e explodia numa gargalhada que deixava o menino mortificado de tanta vergonha diante dos convidados. Então, ele saía correndo, como se fosse mesmo um rato à procura de uma toca para se esconder.

Franz não aguentava o peso de ser filho único. Ouviu muitas vezes o pai dizendo que ele teria de levar o nome da família e os negócios adiante, mas que não sentia no menino suficiente firmeza de personalidade.

— Precisamos ter mais filhos, Julie. Não vejo a menor possibilidade de futuro para Franz. É muito fracote, poderia ser uma menina. Se Georg não tivesse morrido... Talvez até mesmo Heinrich... Se bem que Heinrich parecia muito com este daí.

— Não fale assim, Hermann. Franz é inteligente e sensível, você vai se surpreender com ele.

— Não, querida, infelizmente você está errada. Franz não será ninguém. Não tem estofo, não tem coragem. Isso a gente vê na criança desde que ela nasce. Lembra-se como Georg...

— Georg morreu — atalhou Julie, com aspereza.

— Ora, ora, minha senhora, não precisamos ficar nervosos, precisamos? Sei que Georg morreu, como sei também que Franz é um tolinho, mimado em excesso pela mãe.

CAPÍTULO II

1890 a 1901 – Tempos de escola

No ginásio

As irmãs (da esquerda para a direita): Valli, Elli e Ottla

> ### P. T.
>
> Ich lade Sie höflichst zur Confirmation meines Sohnes
>
> ### Franz,
>
> welche am 13. Juni 1896 um ½10 Uhr Vormittag in der Zigeuner-Synagoge stattfindet.
>
> **Hermann Kafka,**
> Zeltnergasse 3.

Bar Mitzvah de Franz Kafka, 1896

10. Novidades: a escola e uma irmã

O ano de 1889 trouxe duas novidades na vida de Franz: nasceu sua irmã Elli e ele começou a escola primária.

Foi bem no início do outono que a irmã nasceu. Era uma menininha calma e bonita, parecida com a mãe. Estavam todos encantados com a vinda da prineira filha, e ao mesmo tempo apreensivos por causa dos insucessos com Georg e Heinrich.

Julie preocupava-se dia e noite e se desdobrava em cuidados com o nenê. Era-lhe quase insuportável pensar na possibilidade de mais uma perda, da filha que tanto desejara ter.

Hermann parecia estar bem feliz com a pequena, se bem que o trabalho o deixava tão ocupado, que mal tinha tempo para entreter-se com assuntos domésticos.

Com isso, Franz se sentiu mais livre. Que alívio! Depois de seis anos, deixava de ser filho único. Ninguém para andar atrás dele o recriminando, no caso do pai, ou o enchendo de carinho, no caso da mãe.

Ele gostava dessa solidão. Brincava quieto no seu quarto ou na pequena varanda, que ficava no fundo da casa. Já havia se acostumado ao novo ambiente, mas não fizera amigos.

Com o nascimento de Elli, houve também mais movimento no lar: alguns parentes de sua mãe vieram de outra cidade, depois de longa ausência. A última visita fora por ocasião da morte de Heinrich. Desde aí só trocavam notícias por carta. A viagem era longa e não havia meios de transporte rápidos e seguros, nem boas estradas.

— Olhe só o Franz! Está um moço! E tão parecido com os Löwy — falou uma tia-avó, cobrindo-o de beijos. Gostaria que sua mãe estivesse viva, Julie, para ver os netos. O tifo a levou tão moça ainda, coitadinha!

Julie mudou rapidamente o curso da conversa. Não queria ouvir falar em doença, muito menos em morte. Era como se a simples menção do assunto pudesse trazer uma sombra e levar sua filhinha, assim como se foram os meninos. Pensar que já tinham se passado quase três anos que Georg se fora e mais de um que perdera Heinrich... Não queria também que Franz ficasse ouvindo essas conversas, o menino era por demais impressionável.

O que Franz não gostou, no entanto, foi de ser comparado à família da mãe. Ainda bem que o pai não estava por perto.

— E que linda menina, a Elli! Exatamente igual a você quando nasceu, Julie — emocionou-se a velha senhora.

As duas passavam os dias ocupadas com os assuntos de família e os cuidados com a recém-nascida, deixando Franz em paz.

Vieram também os tios, irmãos de seu pai. Eram todos homenzarrões tipicamente pertencentes à família Kafka. Falavam alto, riam muito, eram ruidosos e muito alegres, diferentemente do irmão. Se bem que, na presença deles, Hermann se transformava: adquiria um jeito bem mais jovial, sem a costumeira rispidez.

Phillip era o mais velho de todos. Corpulento e bonachão, vivia fazendo brincadeiras que no início deixavam Franz um pouco assustado, mas depois faziam-no rir.

— E então, rapazinho? Venha aqui dar um abraço no seu tio — e erguia o garoto no ar como se fosse uma pluma.

Ludwig era agente de seguros em Praga, e apesar de morarem na mesma cidade, os dois irmãos não se visitavam com frequência. Era um homem muito ocupado, dizia Hermann com ironia, provavelmente sem tempo para outra coisa que não contar o próprio dinheiro.

Heinrich, o predileto de Franz, também morava em Praga e pouco tempo antes ganhara uma filha. Tinha, também, uma loja, mas que nunca ia bem, e Hermann não perdia oportunidade para dizer o quanto o irmão era incompetente nos negócios.

Assim, com o nascimento de Elli, os quatro irmãos estavam mais uma vez reunidos e reinava um clima de festa na casa, onde Julie organizava almoços e jantares para a família.

— Vejam o meu filho — Hermann reclamava para os irmãos. — Não tem nada da gente. Sempre quieto, tímido, tem medo até da sombra.

— Não diga isso, Hermann — Heinrich pulava em defesa. — Você não está vendo que o garoto não é um grosseirão como nós? Esse nasceu para ser um poeta, um filósofo. Veja que testa inteligente ele tem: alta, grande, bem diferente da nossa.

— Pois eu preferia um Kafka a um filósofo...

— Vamos acabar com essa bobagem, Hermann — intercedia Ludwig.

— É mesmo — atalhava Phillip. — O garoto é um de nós e ainda vai dar muitos filhos para aumentar a família. Tem cara de ser malandrinho, hein, Franz? Já tem alguma namoradinha? Aposto que já beijou alguma menininha — e estouravam todos numa risada estrondosa.

Franz queria desaparecer debaixo do tapete quando a conversa tomava esse rumo. Tentava fugir, mas o tio insistia:

— Franz, quando você souber as coisas que se pode fazer com uma garota!

Phillip era desbocado. Franz não gostava disso e também não gostava quando o pai e seus irmãos começavam a falar de mulheres e caíam na gargalhada. Nessas horas, a mãe, disfarçadamente saía da sala, levando o filho consigo.

— Isso, Julie — berrava Hermann para que ela ouvisse. — Carregue o menino agarrado à sua saia e você terá um mariquinha para criar.

E as risadas explodiam como trovões, acompanhando Franz que lutava contra as lágrimas.

11. Primeiro dia de aula

Ele nem bem tinha pegado no sono quando a manhã de segunda-feira, 16 de setembro de 1889, chegou. Era seu primeiro dia de aula.

Na véspera ficara se revirando na cama, com medo do que vinha pela frente. Será que se sairia bem? Como seriam os colegas? E se não conseguisse aprender as lições?

Tudo isso o deixava inseguro, e foi com um sobressalto que acordou de um sono cheio de pesadelos ao ser chamado pela mãe.

— Acorde, Franz. Está na hora de se arrumar.

Ele começaria dentro de uma hora a Escola Primária Alemã para Meninos, que se localizava do outro lado da praça, numa rua onde um dia funcionara o mercado de carne, daí o nome: Rua do Mercado de Carne.

O menino se vestiu e tomou o café da manhã inquieto. Ficou decidido que o pai o levaria à escola, apesar de atrasá-lo para o início de suas próprias atividades. Porém, com Elli recém-nascida, não havia outro jeito.

E assim lá se foram pai e filho. De sua casa, passaram pelo prédio da prefeitura, com o relógio astronômico. Dessa vez Franz não pôde parar e esperar que os apóstolos aparecessem, pois Hermann não queria desperdiçar nem um segundo a mais que o necessário para se livrar da tarefa de levar o filho e chegar logo à loja, onde o trabalho do dia já deveria estar se acumulando.

Atravessaram a Praça da Cidade Velha e tomaram a passagem estreita que levava à Rua do Mercado de Carne.

Durante o caminho, Hermann se manteve num silêncio carrancudo e praticamente arrastou o filho até o portão da escola, onde uma professora recepcionava os novos alunos.

Com um ríspido "comporte-se bem", o pai virou as costas e Franz viu a única pessoa conhecida se afastar até sumir de vista.

A escola era de língua alemã e a maioria dos meninos, judeus.

Naquela época, Praga, com população cristã e judia, era uma cidade de fala alemã.

A professora pareceu-lhe gentil, e já começava a se acalmar um pouco quando teve um sobressalto: não era ela, mas sim Herr Hans Market, circunspecto e autoritário, quem daria as aulas.

A classe era limpa, porém de uma simplicidade quase monástica. Desconfortáveis bancos de madeira dispostos em várias filas tendo à frente a mesa do professor sobre um estrado de forma a ficar bem acima do nível dos alunos; o quadro-negro apoiado num tripé e, bem ao centro da parede, um retrato a óleo do imperador Francisco José. Assim que o sino soou mais uma vez, as crianças foram encaminhadas em fila para a classe, onde o professor as aguardava, postado sob o quadro do imperador.

Após um breve discurso ameaçador, no qual alertou sobre a rigorosa disciplina praticada naquele estabelecimento e das punições aos infratores, Herr Market fez a chamada. Um a um os meninos se adiantavam e eram mandados para o lugar que ocupariam durante todo o ano. Franz foi mandado para um banco bem no fundo, onde ficavam os meninos mais altos.

Comportado e estudioso, desde o começo mostrou-se bom aluno. Talvez por medo dos castigos ou, quem sabe, por interesse nos estudos, o fato é que se deu bem na escola. Ou melhor, nos estudos, porque da escola não gostava. Os colegas da fila de trás eram altos como ele, mas bagunceiros e brigões. Franz, calado por natureza, foi se tornando cada vez mais introvertido e solitário. Os meninos não perdoavam:

— Venha, Franz, vamos brincar de pegador; vamos subir na árvore...

Vamos isso, vamos aquilo, tudo coisas que ele não gostava. Então, começou a se tornar o bode expiatório do pessoal:

— Franz não quer brincar conosco porque é o queridinho do professor.

E fechavam o círculo com o aterrorizado Franz no centro, enquanto gritavam:

— Queridinho! Queridinho!

Não demorou muito para arrumarem encrenca com os garotos da escola tcheca que ficava só a alguns quarteirões de distância. Nela, as aulas eram dadas em tcheco e apenas dez por cento dos alunos eram judeus. Na entrada, bem à vista, a estátua de um famoso pedagogo tcheco exibia os seguintes dizeres:

"UMA CRIANÇA TCHECA DEVE ESTUDAR NUMA ESCOLA TCHECA"

Quase todo dia, no fim das aulas, os estudantes se encontravam a meio caminho, os de língua alemã de um lado, tchecos de outro, e rolavam no chão de tanto brigar. Franz detestava aquilo e seu maior desejo era ser invisível.

Pensou nisso várias vezes e passou a fingir que ninguém conseguia enxergá-lo. Essa se tornou a sua brincadeira preferida. A tal ponto se convenceu, que até Herr Market notou alguma coisa diferente. Num dia de primavera, o menino parecia perdido na observação de um pardal que viera pousar na beira da janela, quando o professor decidiu que era hora de trazê-lo de volta à realidade.

— Franz. — chamou.

Franz continuou ausente, entretido em acompanhar os movimentos do bichinho.

— Franz! — repetiu o professor, em voz mais alta.

O menino continuou mergulhado no seu mundo interior. Finalmente, um berro:

— FRANZ KAFKA!

Franz levou um susto. Pois não era invisível? Estava tão entretido no faz-de-conta. Com o susto, deixou escapar um gritinho que fez toda a classe gargalhar.

Naquela hora, ele não queria apenas ser invisível. Queria mesmo era estar morto e enterrado. Mas não estava, e foi obrigado a ficar de pé. O professor fez sinal para que se aproximasse.

Ele saiu de trás da carteira, as pernas compridas e magricelas se recusando a andar, até que Andréas, um colega dos mais levados, deu um empurrão em suas costas que o lançou no meio da sala. Mais ainda os outros riam e Franz, muito vermelho, fazia a maior força para não chorar. Ele nem sabe como conseguiu chegar até o quadro-negro, pegar o giz e escrever a lição para o dia seguinte. Ele nem sabe como voltou para casa.

Quando chegou, trancou-se no quarto e tomou a decisão que comunicaria aos pais no dia seguinte.

12. O senhor Kafka "ensina" o filho a obedecer

— Eu não quero mais ir para a escola!

O pai e a mãe, que começavam a jantar, se entreolharam espantados. Mal deixou escapulir a frase e Franz se deu conta do tamanho do absurdo que acabara de falar. Sentiu o corpo todo tremer.

— Julie, onde o senhor seu filho aprendeu que pode interromper a conversa dos adultos?

Julie não respondeu. Apenas voltou-se para o filho que, de olhos baixos tentava engolir uma das coisas que mais detestava: era quando o pai, em vez de se dirigir a ele, falava com a mãe. Como se ele, Franz, não estivesse presente. Que raiva isso lhe dava!

— E então? O que é isto? O que o senhor, nosso filho, tem a dizer da sua falta de modos?

— Des..des...desculpe, papai.

— Nada de desculpe papai, por favor. O que o senhor acaba de fazer foi gravíssimo e por causa disso vá já para o seu quarto, sem comer.

— Ma... ma... ma... ma... mas.

— Não tem mas nem meio mas. E agora deu de gaguejar também? Já para o quarto.

A voz de trovão não lhe dava alternativa senão obedecer, sentindo-se como um cachorro batido. Por que não enfrentar a ira do pai e responder que nunca mais iria à escola, que era isso mesmo que ele tinha ouvido, que não iria porque não queria ir e pronto, e não tinha ninguém para lhe dizer o contrário? Ah, como se desprezava por ser tão fraco! Então lembrou que o pai nem comentou o assunto principal. Ficou só bravo com a interrupção. Quem sabe se escolhesse outra hora e pedisse licença para falar?

Na manhã seguinte, quando desceu para o café da manhã, o pai lia o jornal.

— Ouça isso, Julie. Andam novamente falando em acabar com o bairro judeu e já não é a primeira tentativa. Ainda bem que estamos bem afastados. Mesmo porque a maioria dos judeus já saiu de lá e o que tem agora é gente suja e piolhenta. Deviam dar uma boa limpeza no lugar e expulsar esses vagabundos.

Quando fez uma pausa, Franz falou com voz tímida:

— Papai...

O pai fingiu não ouvir. O menino insistiu:

— Papai...

— Julie, será que estou ouvindo alguém me chamar? Será que o senhor, nosso filho, quer nos pedir desculpas pelo péssimo comportamento de ontem?

— Sim, papai, eu...

— Julie, me parece que de novo eu ouço um menino falando sem que seu pai tenha dado autorização.

Hermann acabou o café. Depositou a xícara no pires, levantou-se e chamou secamente:

— Venha. É hora da escola.

— Papai, eu não vou à escola.

O pai ficou em silêncio por um longo segundo, o rosto muito vermelho.

— Acho que não ouvi o que acaba de ser dito nesta sala. Você ouviu alguma coisa, Julie?

— Hermann, por favor. O menino está querendo dizer alguma coisa.

— Basta, minha senhora. — berrou o homem, fora de si. — Quanta indisciplina, quanta impertinência; e a senhora ainda apoia? É esse que vai ser o nosso futuro, o filho que vai fazer prosseguir o nome dos Kafka? O que está acontecendo nesta casa?

— Acalme-se querido eu...

— Acalmar-me? A senhora quer que eu me acalme? Com um filho desses? Nem mais uma palavra de contestação, entendeu, Franz? Nem mais uma palavra!

E lá foi Franz para a escola, arrastado pela mão do pai, sem trocar palavra, queimando por dentro de dor e vergonha, sofrendo por tanta falta de amor.

Depois desse dia, a cozinheira, a terrível cozinheira Marie Werner, uma tcheca seca, impaciente e vingativa, ficou encarregada de levá-lo. Foi o início de uma nova tortura.

O garoto esperneava, berrava, agarrava-se aos postes no caminho, puxava a saia da mulher para trás, mas ela era forte e o puxava sem dó para frente, e nessa luta chegavam à escola, que ele passara a abominar.

— Franz, se você não parar, vou contar para o seu professor como você se comporta mal em casa — a mulher o ameaçou um dia.

— Duvido que você tenha coragem, respondeu Franz, achando que uma simples empregada não se atreveria a falar qualquer coisa para o todo-poderoso Herr Market.

Ela respondeu, entre lábios finos e impiedosos:

— É claro que vou falar com ele, e é pra já, pode acreditar.

O portão da escola já estava visível e Franz congelou. Será que Marie teria coragem? Ele não podia arriscar, então implorou.

— Não faça isso, Marie, vou ser castigado.

— Melhor. Quem sabe você passa a se portar como uma boa criança em vez dessa peste que é.

Franz fincou os pés no chão.

— Pelo amor de Deus, não diga nada para ele.

E Marie o arrastava, balançando a cabeça numa negativa:

— Não adianta pedir. Minha paciência se esgotou.

— Se você fizer isso, eu vou contar para meus pais e eles vão mandar você embora — Franz ameaçou.

Maria deu uma gargalhada terrível.

— Ah, vão é? Ainda mais com um bebê pequeno em casa e você, este diabo que ninguém aguenta? Veja como tenho que te puxar para ir à escola. E já são quase oito horas. Você está atrasado e vou contar ao professor por quê.

— Marie, não...

— Vou contar como você chuta, esperneia, se agarra na minha saia, e que é por isso que vai chegar atrasado, vou contar tudinho, viu?

E puxando o menino pela mão, saíram correndo pelo resto do caminho até que Franz, trêmulo de pavor, chegou à escola na hora exata em que o sino anunciava o início das aulas. Com um safanão, Marie largou a pequena mão agarrada à sua e foi-se embora, resmungando coisas em tcheco, mas sem falar nada para o professor.

Essa tortura passou a ser a rotina dos dois: o menino se agarrando pelo caminho, a empregada arrastando e ameaçando, o menino implorando, a empregada jurando que daquele dia ele não escapava, contaria tudo para o professor. Ela nunca contou, mas a experiência aterradora se repetiu enquanto ele foi levado à escola. A agonia só acabou no ano seguinte, quando os pais autorizaram a ir e voltar sozinho, como já faziam os demais meninos.

13. Um pai do tamanho do mundo

Franz tinha verdadeiro pavor daquele homem tão grande, que não se cansava de chamar sua atenção: sente-se direito; fale alto, menino, tem medo da própria voz?; faça isso, não faça aquilo; fique quieto, não quero ouvir nem mais uma palavra...

O garoto adquiriu a certeza de que era por sua culpa que o pai não o amava. E que o desapontava constantemente, ao contrário dos outros meninos, cujos pais sentiam-se orgulhosos.

Ele saíra muito diferente mesmo. Pequeno, magro, joelhos ossudos que tremiam, envergonhava-se de seu físico. Era uma provação quando o pai resolvia levá-lo para nadar na piscina pública. Os dois deixavam o trocador com suas roupas de banho, o menino raquítico tentando acompanhar as passadas do homem grande, forte, poderoso. Nessas horas, Franz voltava a fantasiar que estava ficando cada vez menor e menor, até sumir.

Durante uma aula de geografia em que estudavam o mapa-múndi, Franz ficou imaginando que se o pai deitasse em diagonal sobre o mundo, quase não sobraria espaço para ele.

— Responda o que eu perguntei, senhor Franz Kafka.

A voz enérgica do professor ressoou pela classe silenciosa, tirando-o do transe para lançá-lo no pavor de não fazer ideia do que lhe tinha sido perguntado. Cabisbaixo e envergonhado, balbuciou:

— Desculpe, professor. Poderia repetir a pergunta?

— Ah, Franz, você está sempre dormindo acordado. Por esta vez passa. Pode se sentar.

Um dia, decidiu perguntar à mãe:

— Mamãe, por que o papai não gosta de mim?

— Que bobagem, meu filho. Claro que seu pai gosta de você.

— Mas ele vive brigando comigo.

— Ele se preocupa conosco e com os negócios, querido. É um bom pai. Nunca faltou nada a você, faltou? Lembre-se que ele teve uma infância difícil e não quer que a gente passe pelo que passou. Por isso ele precisa trabalhar muito e fica cansado, nervoso. Você vai entender no dia em que tiver seus próprios filhos.

Franz não entendia porque causava tanta preocupação para o pai e teve pena. Sabia que o desapontava e decidiu que dali em diante daria o mínimo possível de gasto e trabalho. Foi o que disse a Hermann num impulso:

— Papai, não precisa me dar nada, nenhum presente, nunca mais.

— Ora, que coisa estúpida de se dizer. Ouviu isso, Julie? Só faltava mais essa: Franz agora decide o que preciso ou o que não preciso fazer. E Hermann olhou o filho com tamanha ojeriza, que o pequeno fugiu da sala, certo de ter cometido alguma falta imensa.

Como sempre, refugiou-se em seu quarto, a cabeça cheia de pensamentos contraditórios. Sabia que o nervosismo do pai vinha dos aborrecimentos que ele lhe causava, mas não sabia como fazê-lo entender que não precisava se preocupar. Fora isso que tentara dizer. Será que falara do jeito errado? Na cabeça do menino tudo era nebuloso, a não ser uma grande certeza: ele era o motivo de o pai estar sempre de cara fechada, sempre berrando com os outros, sempre ofendendo os empregados da loja, sempre reclamando. No entanto, como nunca apanhara, apesar das constantes ameaças, imaginou que talvez o pai ofendesse aos demais para não precisar bater no próprio filho. E isso o fazia se sentir infeliz e culpado.

14. Mais duas irmãs

A família Kafka aumentou com o nascimento de mais duas meninas: Valli, em 1890, e Ottla, em 1892. Para decepção de Hermann, nenhum filho homem além de Franz.

À medida que as crianças cresciam, a irritação paterna deixou de se fixar unicamente no garoto, para se estender também à menina mais velha, Elli. Tudo o que ela fazia, sua forma de andar, seu jeito de se mexer o irritavam e não perdia ocasião de imitar a filha, ridicularizando-a. Os almoços e jantares tornaram-se um verdadeiro horror na casa dos Kafka.

— Elli, será que você precisa comer a dez metros da mesa? Como essa menina é espaçosa. Quer fazer o favor de se sentar com as costas retas?

— Eu não quero mais comer, papai.

— E pode-se saber por quê?

— Porque não gosto de galinha cozida.

Hermann ficava vermelho.

— Ah, não gosta, é? E desde quando dei direito a você para reclamar da qualidade da comida? Pois vai comer tudo e até repetir.

— Hermann, por favor — intervinha Julie, querendo paz pelo menos durante as refeições.

— Julie, fique fora disso. Se não sou eu a ensinar modos a essas crianças, quem vai fazer? Você só sabe estragá-las, deixa que façam tudo o que querem.

E voltava ao ataque:

— Vamos, comam logo. E sem fazer barulho. O que é isso, Franz, mastigando os ossos da galinha? E você, Elli, veja que sujeira faz, parece um porco comendo. Julie, a *boia* está muito ruim mesmo, a besta da Marie estragou uma boa galinha.

Até que um dia Elli resolveu responder:

— Pai, você não disse que não se devia falar mal da comida nem falar gíria? E por que você pode mastigar os ossos e a gente, não? Olhe debaixo da sua cadeira: está cheio de comida caída, mais do que na minha.

— Ah, agora vai responder para o seu pai? Que menina desaforada. Vem aqui que vou te ensinar.

Hermann afastou a cadeira com um tranco e saiu correndo atrás da filha, em volta da mesa, enquanto gritava: "Vou fazer picadinho de você". Mas Julie se pôs diante da menina como um escudo, e o pai saiu bufando da sala.

Franz ria sozinho. Achava Elli chata, mesquinha, preguiçosa, malvada, detestava aquela irmã e adorava quando o pai brigava com ela.

A outra irmã, Valli, quietinha e dócil, era a que mais se parecia com a mãe. Talvez por isso, nunca tenha irritado Hermann.

Ottla, desde pequena, demonstrava ter vontade própria, mas por ser a caçula, também não era alvo das ofensas, berros e xingamentos, reservados para os dois mais velhos.

Ninguém, no entanto, escapava aos discursos tediosos, repetidos pelo menos uma vez por semana.

— Eu e meus irmãos dormíamos todos no mesmo quarto e ficávamos felizes quando tinha batatas para comer; desde pequeno eu ajudava em casa e nem por isso deixei de respeitar meu pai, como fazem certos filhos hoje em dia. Não pensem que eu tive a vida mole de vocês, com empregada, casa boa, comida na mesa. Minha irmã, aos dez anos, já trabalhava como cozinheira, estão ouvindo, mocinhas?

— Sim, papai, respondiam as meninas, de olhos baixos.

— Nada de governantas, cozinheiras, bons colégios. Ela não tinha vestidos bonitos como vocês. E muito menos roupa quente para o inverno. Um dia, a patroa de sua tia Julie mandou que ela fosse buscar alguma coisa — já nem lembro mais o quê — debaixo de chuva e de um frio terrível. A roupa leve que ela usava molhou toda e congelou, sabem lá o que é isso? A roupa congelou! Pensam que a patroa ficou com dó? Que nada! Tia Julie trabalhou o resto do dia com a roupa molhada e foi só à noite, na cama, que chegou a secar para ser usada de novo no dia seguinte.

As meninas não ousavam levantar os olhos, torcendo para que a tortura acabasse logo. E Franz mergulhava no seu mundo interior para fugir da dor que aquelas situações contadas pelo pai lhe causavam. Mas a lengalenga ainda não tinha acabado:

— Nossa pele rachava no inverno e tínhamos sempre feridas que não fechavam até chegar a primavera. E o tempo que servi o exército, então? Três anos de dureza. Vocês acham que de simples soldado raso cheguei a cabo em três anos sem esforço? Acham que eu era como o senhor meu filho, que vive no mundo da lua? Hein, Franz?

— Não, papai...

— É, não foram tempos fáceis, não! Posso garantir que ninguém aqui sofreu como eu. E, no entanto, não vejo muito agradecimento da parte dos meus filhos.

E Hermann mirava os filhos, um a um, para ver o efeito causado.

As crianças detestavam essas longas preleções, especialmente Franz, que era o mais velho e sabia que os comentários eram dirigidos, sobretudo a ele. Gostaria de ter passado as mesmas dificuldades. Dessa forma não se sentiria tão mal em estar usufruindo o resultado de tanto esforço e privações.

Mais de uma vez Franz pensou em fugir de casa para enfrentar o mundo sozinho. Mas era sempre desestimulado pela mãe.

— Meu filho, se você deixar a casa, vai matar seu pai e a mim de tanta dor. Seu pai, que se esforça tanto, que trabalha tanto para dar tudo a você. E eu também, querido, não estou sempre pronta a te dar apoio? Não, Franz, não seria justo.

Mais culpado ainda Franz se sentia ao ouvir aquelas palavras cheias de carinho. A ideia de ir embora, que não passava de vaga intenção, ia por água abaixo.

15. Muita imaginação e terríveis fantasias

Os anos de escola foram atemorizantes para o menino inseguro. Ainda no primeiro ano tinha certeza de que seria reprovado. Qual não foi a sua surpresa quando soube que não só passara de ano como ia receber um prêmio.

Franz chegou em casa com a carta e mostrou aos pais à hora do almoço.

— Que maravilha, meu filho! — falou Julie após ler a carta em voz alta.

— Oh! — exclamou Hermann com ironia. — Que coisa mais fantástica! Mas isso deveria sair nos jornais!

— Hermann, por favor. Franz vai ganhar um prêmio e nós estamos convidados para assistir à entrega. Estou tão orgulhosa.

— Você vai, mamãe?

— Claro, querido.

— E você, papai?

— De jeito nenhum. — respondeu Hermann. — Tenho coisas mais importantes a fazer, não posso perder tempo de trabalho para assistir a uma tolice dessas. Ir bem na escola não é mais que obrigação. Afinal, é só isso que é exigido de você. Na sua idade, eu já...

E lá vinha a discurseira conhecida. O sentimento de nulidade de Franz só fazia crescer.

Contrariando as próprias expectativas, ele ia passando de ano, sempre com boas notas. Mas o medo de um dia vir a ser "descoberto" e expulso da escola o acompanhava. Imaginava os professores surpreendendo aquele aluno incapaz e ignorante, que se esgueirava sorrateiramente de série em série. No momento em que o pegassem, seria cuspido para fora da escola.

Não era só isso que sua imaginação produzia. Entretinha-se em imaginar jeitos terríveis de morrer: cortado aos pedaços com um facão de açougueiro, arrastado por uma corda amarrada no pescoço, mutilado, torturado, esquartejado, afogado. Essa mania de inventar um fim tenebroso o acompanhou durante toda a existência.

16. Uma educação esmerada

— Julie, agora que Franz está quase terminando a escola primária, tenho de decidir onde ele deve continuar os estudos. Não sei se no Ginásio Alemão ou na Escola Real.

— Uma cliente da loja me disse que a Escola Real é mais prática, por isso o filho dela está estudando lá para aprender a ser um bom comerciante. Não seria mais apropriada para que, no futuro, Franz possa assumir a loja?

— Você estaria certa se Franz mostrasse alguma queda para negócios. Mas infelizmente não é a realidade. Ele não tem a menor capacidade para isso.

— Hermann, você sempre fala dessa maneira de Franz. O menino não se mostrou bom aluno na escola primária?

— Escola primária é uma coisa. Bem diferente é ver como ele vai se sair no ginásio, na universidade, na vida...

— Querido, por favor, confie um pouco mais no nosso menino.

— Você sabe minha opinião, Julie. Para mim ele poderia ser filho do seu irmão Rudolph. Os dois são bem estranhos. Até meio malucos.

E Hermann caiu na gargalhada, nem notando o quanto tinha magoado a mulher.

Ele não perdia a oportunidade de criticar os Löwy, se bem que dois de seus cunhados, Alfred e Siegfried, eram muito bem-sucedidos: o primeiro morava em Madri onde exercia o cargo de diretor em uma companhia espanhola de estradas de ferro; o segundo era médico. Mas o objeto constante de caçoada por parte de Hermann era Rudolph, segundo ele o tolo da família, que não conseguiu passar de contador de uma cervejaria de subúrbio e, solteirão, morava na casa do pai, com quem não se dava bem.

Ao tímido e sensível Rudolph é que passou a comparar seu próprio filho, divertindo-se muito com isso, a tal ponto que Franz chegou a se convencer da semelhança.

Essas conversas com Julie sobre o futuro de Franz não tinham por objetivo compartilhar opiniões para juntos chegarem a uma decisão. Hermann costumava decidir tudo sozinho e foi assim que se convenceu de que Franz deveria prosseguir os estudos no Imperial e Real Ginásio do Estado, situado atrás do Palácio Kinski, na Praça da Cidade Velha, considerado o mais tradicional e severo de Praga. De lá saíam os altos funcionários da Administração Pública e os mais famosos advogados; era lá, portanto, que seu filho haveria de estudar.

No dia 20 de setembro de 1893, aos dez anos, Franz começou os estudos na escola de nome tão pomposo.

Além do ginásio puxadíssimo que cursou durante oito anos, a educação do único menino da família Kafka continuava em casa. As aulas de francês dadas pela Srta. Bailly, além das entediantes aulas de violino e piano, justo ele que não tinha o menor jeito para a música.

O professor de violino desesperava-se com o aluno:

— Franz, será possível que você não consegue tocar nem uma nota afinada nem decorar uma frase musical, uma que seja? Você não pratica em casa?

— Maestro, eu estudo... eu tento, mas...

— Meu menino, definitivamente você não nasceu para a música. Vou falar com seus pais.

— Por favor, Maestro, não diga nada a eles. Vou procurar me esforçar mais.

Pela expressão de Franz, o maestro percebeu que o garoto estava com medo. Era sempre assim: os pais querendo a todo custo que os filhos se tornassem virtuoses, tivessem ou não talento, e ai deles se não correspondessem. Então, que o menino continuasse a ter aulas. Um dinheiro a mais não vinha mal para um músico de orquestra que complementava o orçamento dando aulas particulares.

— Franz, vamos mudar nosso método. A cada aula vou segurar a batuta numa altura. E a cada vez você vai ter de pular mais alto, sem esbarrar, está bom?

— E não vou mais precisar tocar?

O maestro sorriu.

— Não. Como violinista, você é um caso perdido. Vamos ver se pula batuta melhor.

Durante um tempo foi assim. Franz passou a adorar as aulas. Magro e ágil, não encontrava a menor dificuldade em "progredir" nos saltos. Até que um dia, após uma conversa franca com Julie, que queria saber do maestro se seu filho tinha algum futuro como violinista, este foi enfático em dizer que não. Julie consultou o marido, que concordou em liberar Franz do aprendizado do instrumento. Dessa forma, acabou-se a diversão semanal.

Por essa época, uma governanta foi contratada para cuidar das meninas. Chamava-se Anna e gostava das crianças. Achava as garotas esforçadas e estudiosas e Franz, para quem preparava o café da manhã, muito gentil, mas excessivamente taciturno.

Um dia ela lhe perguntou:

— Por que você está sempre assim, Franz?

— Assim como?

— Você parece sempre muito sério para um jovem da sua idade. Quase triste.

— Impressão sua, Anna. Sempre fui quieto, é só isso.

Anna ainda arriscou:

— Se você tiver algum problema e quiser conversar comigo, sabe que estou sempre às ordens.

— Obrigado, Anna. Você e Fanny são muito boas para mim e minhas irmãs.

Anna riu:

— E Fanny, ainda por cima, é bonita.

— É, parece que sim. Pelo menos mais bonita do que a bruxa da Marie, isso ela é. Ainda bem que aquela foi embora. E Fanny cozinha melhor que ela também.

Fanny entrava na sala naquele instante. Era uma mulher na casa dos trinta, sorridente, falante e realmente muito bonita:

— Estão falando de mim pelas costas, é?

Franz, rindo:

— Falamos que você é mais feia do que a Marie, que foi embora.

— E Franz diz que você cozinha bem mal.

Fanny escondeu o belo sorriso.

— Acho que cozinho mal mesmo. Acabei de levar mais uma bronca do seu pai. Ele disse que o jantar ontem estava péssimo e que se é para estragar a carne, melhor não cozinhar nada.

Franz fechou a cara e saiu, balançando a cabeça. Assim que ficaram sozinhas, Anna repreendeu a outra:

— Por que você foi contar isso para ele, Fanny? Não sabe que ele fica aborrecido?

— E eu, que levo descompostura em cima de descompostura, também não fico?

— Mas o rapaz não pode fazer nada. Você sabe como o pai é com ele.

Fanny caiu em si:

— É verdade. Sabe que muitas vezes morro de dó do garoto? Tão inteligente, tão bonito! Merecia um pai melhor.

— O senhor Hermann não é mau; só é muito autoritário.

— Autoritário? Ele é um grosso, isso é o que ele é. Ouvi outro dia ele dizendo para a dona Julie que todos os empregados são inimigos pagos. Não fosse por ela e pelas crianças, eu ia embora bem depressa. Inimigos pagos! Ele sim que é o inimigo. De nós todos. Sem ele, essa casa seria bem mais alegre.

E as duas continuaram a fofocar, até que ouviram uns passos pesados se aproximando, o que pôs um fim rápido na conversa.

17. O *Bar Mitzvah*

— Que coisa mais ridícula, mamãe! Não quero fazer *Bar Mitzvah* nenhum.

— Meu filho, não fale assim. Você já vai fazer treze anos e tem de fazer o *Bar Mitzvah* para se tornar um homem.

— Mas, mamãe, a gente quase nunca vai à sinagoga...

— Pelo amor de Deus, Franz, não venha com essas conversas na frente do seu pai, você não pode desapontá-lo desta forma! Ele não frequenta a sinagoga, mas não é por isso que não é um homem religioso.

— Eu não sou um homem religioso, mamãe...

— Em primeiro lugar, mocinho, você ainda não é um homem; é só uma criança. Só vai ser considerado um homem e ter sua opinião levada em conta depois que fizer o *Bar Mitzvah*.

Os argumentos maternos convenceram Franz e foi marcada a data para a cerimônia.

Hermann mandou imprimir os convites, com o cuidado de não usar a palavra "Bar Mitzvah" e sim "Confirmação", de modo a não deixar muito patente qual o credo que seguiam.

Durante quase um mês, Franz chegava da escola e se fechava no quarto, tentando a duras penas decorar os textos que teria de falar. Ele detestava toda essa encenação, que não lhe dizia nada. Parecia mais uma véspera de prova, quando era obrigado a memorizar alguma matéria de que não gostava.

O dia chegou, para alívio de todos. Franz andava mal-humorado; Julie, nervosa, com medo de que Hermann notasse a má vontade do filho; as meninas achavam engraçada a situação e agradeciam aos céus por não terem de passar pela mesma tortura; Hermann, muito ansioso com a festa que pretendia oferecer após a cerimônia para amigos e parentes, na qual mostraria como os Kafka tinham dinheiro para dar uma bela recepção. Tudo teria de sair perfeito, pensava consigo, nada menos do que perfeito.

Às dez e meia da manhã do dia 13 de junho de 1896, o garoto, nervoso e aborrecido, recitava no templo o trecho das escrituras sagradas que o rabino determinara.

Acabada a parte religiosa, voltaram todos para casa, onde os esperavam os convidados com muitos presentes para o novo membro da Congregação. Mais um pequeno discurso de agradecimento, também decorado com sacrifício, e pronto. Estava livre! Assim que teve uma chance, escapuliu sem ser notado e foi para o quarto, fazendo de conta que era invisível.

18. No ginásio

— Olá, Franz — Hugo Bergmann cumprimentou o amigo. — Olhe só! Não é que você decidiu aderir ao cravo vermelho na lapela?

Realmente, Franz ostentava na lapela do casaco um cravo vermelho, que simbolizava a adesão ao movimento socialista, e que já tinha sido objeto de uma bela descompostura por parte do pai logo pela manhã.

— É para deixar bem claras as minhas convicções políticas, Hugo. Você também deveria usar, em vez de ficar defendendo um sionismo tão improvável de acontecer.

Já estavam quase no fim da sétima série e todos os dias se encontravam na entrada das aulas. Tinham sido colegas desde a escola primária e enquanto Hugo, no correr dos anos, ia cada vez mais defendendo a necessidade de um estado para o povo judaico, Franz aderia às ideias socialistas, muito em voga na época.

— Este cravo mostra o que penso e o que sinto. Por sinal, gostaria que você lesse o último número da revista editada por Ferdinando Avenarius. É uma ótima revista.

— Aquele que é aparentado de Richard Wagner?

— Sim, indiretamente. É casado com uma sobrinha do compositor.

— Ah, é por isso que você gosta da revista. Tem ligação com Wagner.

— E daí? Não vejo a relação.

— Muito simples: Wagner era amigão e ídolo de Nietzsche, que agora virou seu mentor filosófico — provocou o amigo.

— A revista tem mesmo influência de Nietzsche. Qual é o problema? Melhor faria você em ler ideias sólidas do que ficar à procura de um deus inexistente e uma terra para os que acreditam nele.

Hugo ia responder, quando chegaram os demais amigos que compunham o grupo: Rudolf Illowy, Ewald Pribram e Oskar Pollak.

Rudolf compartilhava das ideias socialistas de Kafka e também apareceu com o cravo vermelho na lapela. Ewald evitava entrar em grandes discussões político-filosóficas. Era filho do presidente de uma firma de seguros e muito rico, o que perante os amigos, não-conformistas como a maioria dos jovens intelectuais, tirava-lhe o direito de opinar. Já Oskar era apaixonado por história da arte, os demais assuntos ocupando lugar de menor importância para ele.

Os cinco se punham a defender suas próprias ideias, pondo em xeque as opiniões diferentes, ironizando uns aos outros. Mas os pontos de vista divergentes não impediam que fossem grandes amigos. Na escola eram benquistos e simpáticos, estudiosos e bons alunos.

— Olá, Zdenko. Junte-se a nós — convidou Bermann ao ver passar o colega que estava uma série acima da deles.

— Fica para outra hora, Hugo. Tenho de estudar para a prova da primeira aula.

Enquanto o rapaz se afastava, Ewald comentou:

— Deve ser bem chato para o Zdenko ser um dos únicos alunos tchecos da escola e ainda por cima, não judeu.

De fato, Zdenko Vanek, que estudava na oitava série, era uma das poucas exceções na escola onde frequentavam, em sua grande maioria, alunos de língua alemã pertencentes a famílias judias de classe média alta.

— Vocês sabiam que ele é obrigado a sair da sala de aula quando o rabino vem dar aulas sobre a Bíblia e o Talmude? — observou Pollak.

— Pois não devia sair — atalhou Rudolf. — Ele tem direitos iguais aos nossos. Se tivéssemos aqui o socialismo, isso não aconteceria. É um absurdo.

— Também acho — concordou Franz. — Devemos fazer algum tipo de movimento para que o Zdenko pare de ser discriminado.

— Lá vem vocês com essas ideias malucas... — Ewald deu de ombros.

— Malucas? Claro que você tem de pensar assim. Com o socialismo, o dinheiro do seu pai vai ser distribuído pelo povo — retrucou Rudolf.

— A começar por nós — riu Pollak.

Nisso soou o sinal e os amigos foram para a classe.

Ao término das aulas, voltavam juntos para suas casas, pois todos moravam perto. Naquele dia estava combinado que Hugo faria a lição de casa com Kafka.

No caminho, como sempre, Franz empacou diante da livraria que ficava na Praça da Cidade Velha. Virou para os amigos e fez uma aposta:

— Vocês me dizem o nome de qualquer livro da vitrina que eu digo o autor, sem olhar.

— Não apostem com esse rato de livraria — alertou Hugo Bergmann.
— Caí na mesma cilada na semana passada e ele acertou todas. Bom, para um sujeito que pretende ser escritor...

— Quem vai ser escritor? — perguntou Oskar.

— Franz, ora. Ele me disse que são esses os planos dele.

— É verdade, Franz?

Franz pensou um pouco e suspirou, sem nada responder.

Hugo quebrou o silêncio:

— Franz tem todas as condições para isso. Estudo com ele desde o primário, e se vocês vissem as casas onde já morou... Sempre tem um quarto só para ele, uma escrivaninha tão grande, que cabemos os dois para fazer as lições. E a vista que se tem da janela! Assim, até eu viro escritor.

— E também socialista, divertiram-se os amigos.

19. Vida saudável, as irmãs e os primeiros escritos

O grupo de jovens conversava muito sobre sexualidade, a curiosidade do desconhecido cada vez mais aguçada. Só um ou outro mais precoce já tinha experimentado o sexo. No entanto, Franz não participava dessas conversas e se afastava discretamente quando o assunto era este. Os amigos respeitavam seu alheamento, mesmo porque nunca o viam em companhia de meninas.

Ele gostava mesmo era de esportes. Praticava caminhadas, remo, canoagem, natação. Levava uma vida saudável, não bebia nem fumava, era vegetariano e adepto de exercícios físicos. E fez questão de botar suas irmãs no mesmo ritmo, desde pequenas.

— Anna, mande as meninas virem aqui na sala. Vou ensinar uns exercícios respiratórios que elas deverão praticar todas as manhãs.

E assim, obedientes, lá iam as três fazer o que o mais velho mandava.

De outra feita, chamou as irmãs e anunciou:

— Hoje vou levar vocês para patinar no gelo.

Ou então:

— Anna, leve essas meninas para nadar enquanto o tempo está bom. E no final de semana quero todas prontas bem cedo. Nós vamos remar.

Além disso, achava que as irmãs, como praguenses, deveriam aprender a língua da terra. Encarregou a governanta desta tarefa:

— Anna, quero que você comece a ensinar as meninas a falar o tcheco. Afinal, elas nasceram em Praga e só falam o alemão. Leia para elas em tcheco todas as noites, está bem? Tenho aqui um exemplar de *Babicka*, da escritora Bozena Nemcova. A vovozinha do título é uma das figuras femininas mais maravilhosas da literatura. Eu mesmo já li mais de uma vez e sempre me emociono.

Aproximava-se o aniversário de Julie. Uma tarde, Franz anuncia para as irmãs:

— Meninas, como presente para a mamãe, vou escrever uma peça de teatro que vocês vão interpretar.

Pegas de surpresa, cada uma reagiu a seu modo:

— Ah, Franz, eu tenho vergonha, falou a meiga Valli.

— Não quero interpretar nenhuma peça, respondeu Elli, sempre do contra.

— Eu quero, Franz. Pode escrever uma peça só para mim.

Era Ottla, a caçulinha, quem falava. Franz pegou-a no colo com muito carinho. Ele adorava aquela sua irmãzinha.

— Então você quer uma peça só para você? Por que não? Vou escrever uma em que você vai fazer um papel muito bonito.

— De princesa? — perguntou Ottla.

— Não, querida. De sapo.

E todos começaram a rir da cara desapontada que Ottla fez.

20. Festas em família

O mês inteiro que antecedeu o aniversário foi tomado de grande agitação.

Franz escreveu um esboço inicial da peça a ser encenada e convocou as irmãs e Anna para atuarem. Além de autor, ele era também o diretor; muito exigente, diga-se de passagem.

Finalmente, chegou o dia da estreia. O almoço de aniversário teve de ser improvisado em outra sala, já que os atores ocupariam a de refeições como palco. O salão de visitas foi arrumado com cadeiras e poltronas para receber o público — alguns amigos e parentes de Julie e Hermann. Fanny ficou encarregada de abrir e fechar a porta de comunicação, que funcionava como cortina de cena.

Depois de todos acomodados, a um sinal de Franz a porta se abriu e lá estavam elas, as três meninas e a governanta, muito bem ensaiadas em seus papéis.

Foi um sucesso! Aplausos, agradecimentos, e Julie muito feliz com a surpresa que os filhos lhe fizeram. Dessa ocasião em diante, Franz passou a escrever pequenas peças para serem apresentadas em todas as festas de família.

CAPÍTULO III

1902 a 1912 – A Universidade e uma grande amizade

Quando estudante

Max Brod, o grande amigo de Kafka

No Prater vienense (1913). Da esquerda para a direita: Franz Kafka, Albert Ehrenstein, Otto Pick e Lise Kaznelson

21. Decidindo o futuro do filho

Estamos no ano de 1902. Franz torna-se um moço. Muito alto e magro, olhos cinzentos e profundos, grossas sobrancelhas negras. Rosto expressivo, assim como os gestos, que pouco a pouco se integram à sua personalidade. Sempre muito bem vestido, sua aparência é agradável e calma, mas não esconde uma constante tensão interior. A fisionomia e as longas mãos falam juntamente com ele.

Um dia, é chamado pelo pai:

— Franz, agora que você terminou os estudos secundários, precisamos conversar sobre seu futuro.

— S..s...sim, papai.

— Andei pensando muito em qual carreira seria a mais adequada a você.

— Precisamos falar disso agora?

— Ah, o senhor meu filho provavelmente não tem tempo de conversar com o seu pai. Deve ter coisas muito mais importantes a fazer.

— N..n...não, é que...

— Pare de gaguejar, rapaz! Você já é um homem feito e fica aí gaguejando que nem um tolo.

— S.s.s.sim, papai, v..v..vou fazer força.

— Então, como eu ia dizendo, seu futuro deverá ser decidido sem demora. Você é meu único filho homem e vai ter de cuidar dos negócios da família um dia.

— M.m.mas, papai...

— Mas o quê? Se o senhor meu filho tiver a bondade de esperar até que eu possa dizer o que estou pensando, quem sabe poderemos nos entender melhor. Bom, como eu ia dizendo, investi em você: as melhores escolas de Praga, professores particulares e agora, a universidade. Você deverá cursar alguma coisa que ensine a administrar nossos negócios. E então?

— É que já fiz a minha escolha. Quero me inscrever na faculdade de Filosofia.

— Fora de cogitação! Filosofia, veja só! E como pretende ganhar a vida? Filosofando com aqueles seus amigos moleirões que se reúnem nos cafés de Praga para discutir um monte de asneiras enquanto são sustentados pelos pais? O que você pretende — ser um segundo tio Rudolf, o tolo da nova geração da família?

Depois de muita discussão, chegam a um acordo e Franz se inscreve em Química. Só que não aguenta o curso por mais de quinze dias e acaba por optar pela faculdade de Direito. Na verdade, não havia muita possibilidade de escolha, pois não eram todas as carreiras que os judeus podiam seguir. Em razão de uma política antissemita mais ou menos rígida, dependendo da época e do lugar, os judeus não tinham acesso à Universidade, dentre várias outras proibições. Só em 1867 é que adquirem relativa igualdade social, econômica e cultural e podem exercer certas profissões. Além do que, Direito não deixava de ser "Letras", e tinha Filosofia no currículo. Pai e filho se deram por satisfeitos e no segundo semestre daquele ano, ele começa a faculdade.

Franz não imaginava como era aborrecido o estudo das leis. Tentou uma escapatória, seguindo os cursos de Germanística e de História da Arte. Com isso, iniciou-se na literatura alemã e na sintaxe da língua. Enquanto se aplicava nos estudos de Direito somente como cumprimento de um dever, aproveitava o resto do tempo para fazer cursos paralelos e frequentar círculos intelectuais, nos quais estudava e discutia Filosofia, Literatura, Política e Religião.

Nesses encontros, veio a conhecer os amigos que o acompanhariam pela vida toda, especialmente um rapaz chamado Max Brod. Tcheco,

judeu e de língua alemã como Franz, Max era inteligentíssimo, talentoso e culto. Desde que leu os primeiros originais das narrativas de Kafka,
logo viu nele "o maior escritor de nosso tempo", como escreveria em
seu diário.

22. O grande amigo Max Brod

Uma das maiores amizades literárias de que se tem notícia começou com um desentendimento. A Universidade de Praga, fundada em
1348, dividiu-se em 1882 em duas faculdades: a de língua tcheca e a
de língua alemã. Esta última dispunha de um centro de leitura e escrita, provido de excelente biblioteca. Lá, eram organizadas palestras,
exibições, concertos e debates. Na noite de 23 de outubro de 1902,
Kafka, que começava o segundo ano da faculdade, foi assistir a uma
palestra proferida por um aluno também frequentador do centro, a
quem conhecia de vista. No decorrer da exposição, o palestrante con-
trasta as ideias de dois grandes pensadores alemães do século XIX, Artur
Schopenhauer, que idolatrava, e Friedrich Nietzsche, a quem classifica
de "uma fraude". Era Max Brod quem se atrevia a falar desta forma e
Franz, um *nietzschiano* convicto, após a conferência aborda o presun-
çoso e o critica duramente.

Os dois discutem no caminho de volta para suas casas e acabam por
descobrir grandes afinidades. A partir daí, tornam-se inseparáveis.

Foi em sua companhia que Franz, sempre preso ao lar paterno, começou a viajar. Vão para a Itália juntos. O irmão de Max, Otto, os acompanha. A viagem corre despreocupada. Franz está leve, alegre, curioso.

— Olhem aqui no jornal, amigos. Estão anunciando o primeiro festival aéreo em Brescia. O que vocês acham de irmos até lá?

A princípio os irmãos Brod são contra.

— Ah, Franz, temos tanta coisa a conhecer. Você sabe que nossas
finanças não estão lá grande coisa. O que vamos fazer em Brescia?

— Ver um aeroplano, ora! Nenhum de nós viu um até agora, e essa
é a oportunidade.

Tanto insistiu, que lá se foram os três para o festival.

Tomaram um trem e, chegando ao local do evento, não perderam tempo; queriam logo conhecer a engenhoca, criação dos irmãos Wright, se bem que havia quem dissesse que o inventor mesmo era um certo Santos Dumont, brasileiro, se não estavam enganados.

No ano seguinte, o destino é Paris. Lá chegando, Franz começa a se sentir mal, o corpo coberto de furúnculos. Um médico foi chamado e recomendou a volta a Praga assim que conseguisse, pois, para completar, os trens na França tinham acabado de entrar em greve.

— Max, me desculpe, estraguei nossa viagem. É minha culpa.

— Ora, Franz, você não podia adivinhar que ia ficar doente!

— Eu sei, mas sou azarão, não dou sorte. Já está no meu nome. Levo a marca do corvo, só que não passo de uma pequena gralha de asas aparadas. Alguma coisa tinha de sair errado. É Praga que não quer me largar. Essa mãezinha tem garras.

23. Uma vida dentro do círculo

1907 — cinco anos se passaram. Franz está com vinte e quatro anos. Acabou de se formar em Direito. Ainda na faculdade, fez estágio não remunerado num escritório de advocacia e depois foi *trainee* no Tribunal de Praga, primeiro na área civil e depois na criminal. Formado, tem seu primeiro emprego como auxiliar numa sucursal de uma empresa italiana de seguros, a Agenzia delle Assicurazioni Generali, conseguido por influência de Alfred Löwy, o "tio de Madri", como é chamado na família. Trabalha das oito da manhã até as seis da tarde, ou seja, termina um suplício para começar outro. Sua família faz a décima primeira mudança desde que Hermann e Julie se casaram. Desta vez vão para o terceiro andar de um prédio moderno situado onde antes se localizava o gueto judeu. Demolido em 1893 e inteiramente remodelado, agora estava integrado à cidade. A moradia oferece uma bela e ampla vista para o rio Moldava.

Um amigo vai visitar o novo advogado. Franz o leva até a janela do seu quarto, de onde se vê a Praça da Cidade Velha. Faz um círculo com o braço estendido, apontando:

— Lá era meu liceu e mais à frente, a Universidade; e um pouco mais à esquerda, o escritório no qual estou trabalhando. Toda a minha vida se inscreve nesta pequena circunferência.

Na saída do trabalho, costuma se encontrar com os amigos nos cafés. Numa dessas ocasiões, comenta:

— Meu pai sempre adorou mudar de casa e minha mãe, coitada, não tem alternativa senão obedecer e providenciar a mudança. Pelo menos, nessa nova casa, meu quarto é mais afastado dos demais. Tenho até uma saída independente.

— Ah, então você poderá ir aos cabarés conosco, chegar e sair à hora que bem entender sem perigo da sua família notar. Que sorte, hein?

Realmente, aqueles jovens, que gostavam de política, literatura e filosofia e que resolviam os destinos do mundo nos cafés, também adoravam frequentar bares e cabarés, onde a música tocava durante toda a noite e no palco profusamente iluminado, mulheres dançavam e cantavam, exibindo coxas e sorrisos convidativos.

Iam a bordéis também, onde corria o champanha, o vinho, a alegria, o luxo. Ou então, para os menos abastados, uma "porção" de café, forte e aromático, servido num bule de prata acompanhado de uma única taça, em quantidade suficiente para servir cinco pessoas.

Franz teve sua "primeira vez" ainda nos tempos de faculdade, com uma vendedora de loja de confecções situada bem em frente ao seu quarto. Da janela ele flertava com a moça e comunicavam-se por meio de sinais. Marcaram encontro e foram a um hotelzinho num lugar próximo. Voltaram a se encontrar dois dias depois e o caso foi encerrado.

Outras moças se seguiram, geralmente criadas ou empregadas do comércio. Mas nada sério nem duradouro.

O trabalho estava se tornando um tormento. Eram exigidas muitas horas, ganhava mal e não tinha tempo para escrever. Poucos meses depois, Franz começou a procurar outro emprego, e por meio do seu amigo dos tempos de escola, Ewald Pribram, foi aceito, em julho de 1908, para estágio probatório como advogado numa empresa semigovernamental, o Instituto de Seguro Operário contra Acidentes do Trabalho, do qual o Dr. Otto Pribram, pai de Ewald, era presidente. A nota peculiar era que o Instituto normalmente não empregava judeus, em decorrência do antissemitismo que, mesmo afastado por lei, ainda persistia. Além do próprio Dr. Otto, só havia mais um judeu na empresa, e Franz se tornava o terceiro. Sua jornada ia das 8 e 30 até as 14 horas, após o que ele voltava para casa, almoçava, descansava um pouco, praticava exercícios, encontrava-se com os amigos nos cafés, jantava com a família e, à noite, podia escrever até de madrugada. Para culminar, passou a ganhar muito melhor do que no emprego anterior.

Em setembro de 1909, foi efetivado no Instituto e logo recebeu a primeira promoção. Muitas outras se seguiriam nos 18 anos em que lá permaneceu. Mesmo com tantas condições favoráveis, o trabalho sempre significou para Franz uma perda de tempo, horas durante as quais ele deveria estar totalmente entregue à sua imensa criatividade e à sua razão principal de viver.

24. A primeira publicação e uma viagem a Paris

O desejo de Franz, mais do que tudo, era poder dedicar-se inteiramente à literatura. Em 1909, uma narrativa sua foi publicada na revista literária *Hyperion*, *Descrição de uma luta*, da qual, na verdade, um pequeno fragmento já aparecera no primeiro número da revista no ano anterior, ao lado de autores proeminentes, graças à intermediação de Brod, amigo do editor.

A escrita sempre foi seu assunto preferido, e as conversas com Max Brod acabavam fatalmente girando em torno desse tema.

— Max, comecei a escrever um diário, só que minhas dúvidas cercam cada palavra; hesito em pôr meus pensamentos no papel.

— Logo você, Franz, que é um dos maiores escritores que conheço?

— Bondade sua, meu amigo! Mas você exagera, como exagerou naquele artigo que escreveu me colocando no mesmo patamar de grandes escritores de língua alemã.

— Só falei a verdade. E pensar que lá se vão oito anos daquela publicação! Foi bem no início da nossa amizade.

— É. Já faz tempo. Só você mesmo para me aceitar com tanta paciência!

— Você tem muitos amigos, Franz, deixe de conversa. Veja como o pessoal do nosso "Círculo de Praga" o quer bem.

Este círculo é formado por alguns amigos escolhidos a dedo por Brod dentre os mais preparados dos seus antigos colegas de classe. No princípio são convidados Felix Weltsch, brilhante, culto, formado em Direito e Filosofia; e Oskar Baum, poeta, romancista, pianista, organista e crítico musical, cego de um olho de nascença e que perdeu a outra vista ainda menino, nas brigas entre colegiais tchecos e os de língua alemã. Max apresenta Kafka aos amigos, e este logo passa a integrar o grupo.

— Segundo meu pai, não passam de um bando de desocupados metidos a intelectuais, que não se envergonham de viver à custa da família.

— Sabe, Franz, acho que você é muito severo com seu pai. Pelo que conheço dele, não é esse bicho-papão que você pinta, mas não quero me intrometer em assuntos familiares. E no trabalho, como vão as coisas?

— Não é fácil dividir meu tempo entre literatura e trabalho. Às vezes posso quase ouvir a pedra que me mói entre um e outro. O trabalho em si não é mau; terrível é a lentidão do tempo pastoso, o peso das horas. Mas um dia vou conseguir a minha liberdade, e para isso tenho de me sentir digno dela. Por isso pretendo escrever com regularidade, mantendo este diário. E quando finalmente estiver livre, vou escrever a minha autobiografia.

— Não vejo a hora de pôr os olhos nela, Franz. Enquanto isso não acontece, que tal irmos de novo a Paris? Daquela vez você não pôde aproveitar nada.

Como sempre, Franz esquivou-se.

— Não sei, tenho coisas a fazer.

— Você pode tirar dez dias no seu trabalho, não pode? Alguns dias em Paris valem uma existência.

25. Paris é listrada

Paris da *Belle Époque*, a *Cidade Luz*. Foi esta Paris que Franz conheceu com Max naquela viagem, uma Paris banhada pelas cores do outono de 1911. Os dois amigos não se cansavam de visitar museus, parques, palácios, encantados com tudo o quanto viam. A Place de la Concorde, a Ópera Garnier, os lampiões nas calçadas que enfeitavam os inúmeros e atraentes cafés, o Palácio de Versalhes, os quadros do Louvre, tudo excitava a imaginação de Franz.

— Você notou como Paris é listrada? — ele perguntou a Max, durante um desses passeios.

— Listrada? — exclamou o amigo, rindo. — Eu chamaria esta cidade de todos os adjetivos, menos de listrada! Você me sai com cada uma, Franz!

— Olhe bem: as altas chaminés delgadas que se alargam a partir de chaminés achatadas, todas essas pequenas chaminés que têm a forma de um vaso de flor — e Franz apontava a linha do horizonte. — Veja os velhos candelabros a gás, as proteções de madeira sobre as janelas, os sulcos formados pela sujeira, as barras finas dos tetos da *Rue de Rivoli*, o teto de vidro riscado do *Grand Palais*, as janelas das lojas separadas por linhas, a Torre Eiffel, até mesmo as mesinhas e cadeiras dos cafés, tudo me faz lembrar de riscos, poderia até fazer um desenho de Paris toda de listras.

— Agora falou o desenhista e não o escritor. Você está vendo a cidade de forma esquemática. Reduzir Paris a riscos é uma temeridade. Onde fica a alma?

— Desenho e pintura têm alma. Você viu nos quadros que apreciamos no Louvre. Tintoretto, Ticiano, Leonardo da Vinci. Simplesmente divinos. Uma pena ter sido roubada a Gioconda...

Com efeito, o retrato mais intrigante da história da pintura, feito havia mais de quatrocentos anos, tinha sido furtado misteriosamente poucos meses antes, no dia 21 de agosto. Várias pessoas estavam sendo interrogadas e presas como possíveis ladrões, dentre as quais o poeta francês Guillaume Appollinaire e o pintor catalão Pablo Picasso.

— Concordo — respondeu o amigo. — Mas entre os seus desenhos e a sua escrita, prefiro você escritor, ainda que ache realmente fantásticos os seus desenhos. Ainda bem que não se encasquetou de se dedicar somente à pintura.

— Conheço meus limites, Max. Se já não sou grande coisa como escritor, o que dizer do desenho? Apenas uns traços, uns riscos.

— Como Paris?

E continuaram a caminhada, ambos de ótimo humor.

Mas essa felicidade estava fadada a terminar logo. Elli, a filha mais velha dos Kafka, se casara com um comerciante e Hermann, que não tinha desistido de trazer Franz para uma vida produtiva, decidiu abrir uma indústria de amianto, a ser dirigida por ele, pelo genro e, é claro, pelo filho. Para quem começou como pequeno comerciante, transformar-se em industrial era um salto e tanto.

Franz, além de continuar com seu emprego na companhia de seguros, ficou incumbido de dirigir a usina. Contra a sua vontade.

26. Os cafés de Praga e o teatro iídiche

Os locais de encontro daquela juventude intelectualizada de Praga eram os cafés. Neles, se formavam os círculos literários, se discutia política, filosofia, literatura, arte, religião. Os prediletos eram o Louvre, exclusivo e elegante, com grandes espelhos de cristal na entrada e gravuras antigas nas paredes, salas de bilhar, xadrez e até mesmo de descanso para seus frequentadores, entre os quais Brod e Kafka; o salão de Berta Fanta, que não era um café, mas a casa do farmacêutico Max Fanta, cuja esposa recebia em suas salas várias personalidades de Praga e até mesmo do exterior. Estudos esotéricos, orientais e espiritualistas, muito em voga na época, eram objeto de discussão, se bem que não impressionavam o cético Franz. O que lhe interessava eram as leituras de obras dos grandes filósofos, como Kant e Hegel, organizadas pelo seu amigo de infância Hugo Bergmann, que em 1908 se casou com a filha de Berta. E o Café Arco, ponto central de experimentação em arte e literatura, sendo seus frequentadores apelidados de "Os Arconautas" pelo editor da revista literária *A Tocha*. Mas foi no Café Savoy que Franz teve uma experiência que o impressionaria profundamente, fazendo com que se voltasse para as próprias origens e que se refletiria sobre sua obra e sua vida.

Franz nunca foi religioso. Afora algumas visitas esporádicas a certa associação de estudantes judeus, ia à sinagoga só mesmo quando não podia se esquivar, e depois comentava com os amigos:

— Eu bocejei e cochilei durante as várias horas que tive de ficar no templo. Não consigo imaginar nada que me aborreça tanto. Bom, talvez as aulas de dança sejam mais aborrecidas...

E se punha a defender seu ateísmo com argumentação incisiva e bem elaborada, como sempre fazia.

— Não adianta — replicava o quase fanático Hugo Bermann —, você não vai conseguir me afastar da minha crença, Franz.

— E também não vai me fazer desistir da necessidade da criação de um estado israelense — acrescentava Brod.

Uma surpresa iria fazê-lo rever seu ponto de vista. Não que ele viesse a se tornar um crente, mas passaria a se interessar profundamente pela história e tradições judaicas.

Foi na noite de 4 de outubro de 1911. Franz e Max vão ao Café Savoy onde se apresentava uma companhia de teatro iídiche. Franz fica maravilhado com aquela trupe de judeus errantes liderados por Isaac Löwe, um polonês de Varsóvia. Gente simples, quase vadios, como ele mesmo os define, mas que sabem transmitir o tragicômico da condição de um povo sem pátria e sem forma, vagando pelo mundo. Ele se encanta pela música sensual, pela dança, pelas cores, pela alegria e pelas canções.

No dia seguinte, comenta com os amigos no Café do Arco:

— Que maravilha! Vocês precisam ver esse espetáculo. É exuberante, é exótico. Pena que o grupo seja pequeno e os atores, de má qualidade. Gostaria de ver o teatro iídiche interpretado por atores à altura.

— Mas o que aconteceu para o nosso Franz ficar nesse encantamento todo? Será que a atriz principal é tão linda assim?

Franz continua a falar como se não tivesse ouvido o aparte (se bem que, na verdade, se apaixonara secretamente por uma das atrizes):

— Quero conhecer toda a literatura judaica, a língua iídiche, o teatro, os tipos todos que eles caracterizam. Que riqueza de gestos e expressões... Que cultura estranha e ao mesmo tempo fascinante! E esse Isaac Löwe! É o exemplo do homem que eu mesmo gostaria de ser: não tem medo de nada, é impetuoso, busca seus sonhos sem ligar para dinheiro.

Daí em diante, ele passou a frequentar os ensaios e as apresentações, tornando-se muito amigo de Isaac Löwe, com quem se encontrava sempre para ouvir as fábulas tiradas do Talmude. Decorou as letras das canções, que cantava animadamente com os atores. Leu todos os livros que conseguia encontrar sobre temas judaicos e, sozinho, começou a estudar a língua iídiche, resultante de uma mistura de palavras de várias procedências, predominando o alemão.

Com estes artistas, descobriu uma outra face do judaísmo: a do leste europeu, bem menos sofisticada, porém mais autêntica do que a religião e a educação assimiladas do oeste. Torna-se um admirador profundo desses judeus simples e espontâneos, e resolve divulgar o trabalho que fazem, escrevendo artigos para jornais e promovendo espetáculos no interior da Boêmia.

Em fevereiro de 1912, para horror de seu pai, Franz organiza uma noite de poesia com seus amigos-atores na sala de conferências da prefeitura judaica, e abre a apresentação com uma palestra sobre o iídiche. Chega mesmo a sugerir que aquela língua se torne universal, já que era formada por palavras de tantas etnias.

Ao voltar para casa tarde da noite, encontra o pai e a mãe acordados. Hermann, que tanto lutou para se afastar das origens, explode:

— Era só essa que faltava! Você me envergonha diante de toda Praga, organizando espetáculos para um grupo de vagabundos, de parasitas, de desqualificados...

— Pai, eles não são nada disso. São atores.

— Atores qual o quê! São uns coitados, sebentos, judeus da pior espécie. E não se esqueça nunca do que vou dizer: quem dorme com cachorros, acorda com pulgas. Não se esqueça disso, senhor meu filho, nunca se esqueça!

Franz levanta a voz:

— Pai, não vou admitir que você fale assim dos meus amigos. Isaac Löwe é um homem culto e talentoso. Ele é um profundo conhecedor da cultura judaica, do verdadeiro judaísmo e não dessa versão assimilada que você nem sequer se preocupou em nos transmitir.

Hermann, muito vermelho, faz uma careta de dor e leva a mão ao peito. Julie se aproxima do marido, toma-o pelo braço e procura tirá-lo da sala.

— Vamos para o quarto, Hermann, você precisa deitar um pouco. Não é bom para a sua saúde ficar assim.

Livrando-se da mão da esposa, ele encara o filho e observa, em voz excessivamente calma:

— Você sabe muito bem que não posso me aborrecer e tenho que ser tratado com cuidado. E você vem com coisas assim. Eu já tive bastante emoção por hoje, mais do que o suficiente. Então me poupe de discursos tolos.

Dando-lhe as costas, se retira a passos hesitantes, seguido pela mulher.

Franz, já acostumado com os súbitos males que o pai usa para conseguir o que quer, não se deixa impressionar. Abre a boca para responder, disposto a continuar a briga, mas só consegue murmurar:

— Estou fazendo o possível para me conter, pai, o possível...

27. Ideias sombrias

Os desentendimentos entre pai e filho se tornam cada vez mais frequentes.

— Você não se preocupa como deveria com a usina; você é um irresponsável, Franz, um irresponsável. E ainda por cima, ingrato. Para quem você acha que instalei a usina? Para o meu genro? Não! Foi para o senhor meu filho, antes de qualquer outra pessoa. E como é que ele me retribui? Não dando a atenção devida.

— Pai, eu tenho feito o que posso. Tenho o meu emprego na seguradora; passar as tardes na usina é demais para mim.

— Mas não é demais para o senhor, meu filho passar horas e horas nos cafés conversando com aqueles vagabundos dos seus amigos. Já avisei mais de uma vez, Franz: quem dorme com cachorros acorda com pulgas. Não venha reclamar quando as coisas estiverem correndo mal. E se correrem mal, saiba que será exclusivamente por sua culpa.

Franz achou melhor não responder. Quando o pai estava naquele humor, não havia argumento que o convencesse. Então ficou de pé, olhando o vazio através da janela. A briga continuou por dias. O ambiente em casa tornava-se intolerável. Desde que o pai montou a usina, Franz passou a sair de um trabalho e ir para o outro, sem tempo nem disposição para mais nada.

— O tormento que a usina me causa é insuportável — Franz desabafou com Max. — Não sei como me deixei levar quando me impuseram essa obrigação. Deveria ter me negado, mas não tive forças. No fim, sou mesmo o culpado. Estou traindo os interesses familiares.

Max tentou animar o amigo:

— Quem sabe se você conversar com seu pai em alguma outra hora, ou mesmo com o seu cunhado...

— Já tentei de tudo, Max. Sabe que enquanto estava olhando através da janela no outro dia, durante mais uma interminável discussão, pensei em me atirar por ela e pôr um ponto final em todo esse sofrimento.

— Nem pense numa coisa dessas, meu amigo!

— E como não pensar? Só vejo duas saídas: ou me atiro pela janela quando todos estiverem dormindo, ou aceito ir à usina todos os dias.

Max Brod, preocupado com o desespero que sente nas palavras do amigo, resolve escrever para a Sra. Kafka sobre as ideias suicidas do filho. Sem maiores delongas, ela escreve para Brod, a fim de tranquilizá-lo:

"Falarei hoje mesmo com Franz, sem mencionar sua carta, e lhe direi que a partir de agora ele não precisa mais ir à fábrica. Espero que ele aceite minha sugestão e se acalme".

Apreensiva com o que Brod lhe revelara, Julie não hesita em tomar a decisão, mesmo sabendo que incorrerá na ira do marido. Naquela mesma noite, fala ao filho que ele não mais precisará ir à usina. Franz fica muito grato e aliviado:

— Mãe, você não imagina o fardo que está tirando de meus ombros.

— Espero que você viva melhor assim, meu filho. Seu pai e eu só queremos a sua felicidade.

Julie ficara realmente apavorada ante a possibilidade de Franz cometer alguma loucura. Não seria o primeiro caso de suicídio em sua família: apesar de muito pequena, nunca lhe saiu da lembrança o drama causado quando a avó entrou em depressão e acabou se matando, um ano depois que a filha, mãe de Julie, morrera.

— Por falar nisso, ando pensando em me casar e constituir família — prosseguiu Franz.

— Que ótimo! — exclamou Julie, realmente feliz com a mudança de estado de espírito do filho. — Acho que é a melhor coisa que você pode fazer. Um moço bonito, inteligente, precisa de um lar, de uma companheira, ter seus próprios filhos. Você verá como tudo na sua vida vai melhorar.

Franz fica remoendo a possibilidade. Realmente a ideia de casamento andava presente na casa: sua irmã Valli ia ficar noiva. Além disso, numa conversa com o tio Alfred, que viera da Espanha para a ocasião, ele lhe confessou que se arrependia por não ter se casado.

Mais tarde, comenta com os amigos:

— Casar, formar uma família, aceitar todas as crianças que vierem, mantê-las neste mundo incerto e inclusive conduzi-las um pouco é, segundo minha convicção, o máximo de todas as coisas que um homem pode alcançar.

— Vocês ouviram isso? Parece que nosso amigo Franz acha que a maior realização a que devemos aspirar é formar uma família. E onde fica a literatura? A religião? A filosofia?

— Bom, quer dizer... talvez não seja o máximo, mas é algo muito honroso.

Os amigos sofismam, brincando:

— Decida-se, Franz: se formar uma família é o máximo, então todas as manifestações do intelecto são o mínimo?

— Não... quero dizer... enfim... também não se trata de modo algum desse máximo, e sim de alguma aproximação remota, porém decente.

— É... você acaba de nos convencer. De que, na verdade, não está é querendo se casar.

E todos riram muito do esforço de Franz em racionalizar a ideia.

CAPÍTULO IV

1912 a 1917 – Felice, o primeiro compromisso amoroso

Com a primeira noiva, Felice Bauer, verão de 1917

Com a irmã Ottla, em frente da residência da família na Praça da Cidade Velha

The Metamorphosis

just over 3 feet long

19

1

As GREGOR SAMSA awoke one morning from uneasy dreams he found himself transformed in his bed into a gigantic insect. He was lying on his hard, as it were armor-plated, back and when he lifted his head a little he could see his dome-like brown belly divided into stiff arched segments on top of which the bed quilt could hardly keep in position and was about to slide off completely. His numerous legs, which were pitifully thin compared to the rest of his bulk, waved helplessly before his eyes.

What has happened to me? he thought. It was no dream. His room, a regular human bedroom, only rather too small, lay quiet between the four familiar walls. Above the table on which a collection of cloth samples was unpacked and spread out—Samsa was a commercial traveler—hung the picture which he had recently cut out of an illustrated magazine and put into a pretty gilt frame. It showed a lady, with a fur cap on and a fur stole, sitting upright and holding out to the spectator a huge fur muff into which the whole of her forearm had vanished!

Manuscrito de A *Metamorfose*

28. Nova viagem, um longo namoro e intensa produção literária

Em junho de 1912 Franz, que vinha emagrecendo e se sentindo nervoso, pediu uma licença médica no Instituto e foi com Brod para a Alemanha. Uma rápida passagem por Dresden, seguida de um dia proveitoso em Leipzig, naquela época o centro do mercado editorial alemão. Naquela cidade, visitaram uma casa editorial cujos donos, Max Rowohlt e Kurt Wolff, mantinham um bom relacionamento com Brod. Os editores eram jovens e apostavam em novos talentos. A empresa, pela produção de livros bem feitos e ao mesmo tempo baratos, fazia sucesso. Durante o jantar, ficou acertada a publicação de pequenas narrativas, quase pensamentos, que Franz vinha escrevendo desde 1903. Brod agradeceu, entusiasmado:

— Há muito tempo que eu ardia de vontade de ver impressa uma obra do meu amigo. Tenho certeza de que será um sucesso.

Ao final do jantar, na hora das despedidas, Franz deixou Rowohlt pasmado com a frase:

— Se em vez de publicar meus manuscritos, o senhor me devolvê-los, ser-lhe-ei mais agradecido.

No dia seguinte, os amigos partiram para Weimar, o ponto principal da viagem, pois lá vivera o ídolo de ambos, Johann Wolfgang von Goethe. Havia anos que eles estudavam a obra do maior escritor da língua alemã, por quem tinham verdadeira devoção. Visitaram também a casa do poeta Friedrich Schiller, outro gigante da literatura germânica, a do pianista e compositor húngaro Franz Liszt, o cemitério onde tantas personalidades dormiam seu repouso eterno, os belos parques que Goethe não se cansava de louvar, dentre outros vários locais de interesse.

Ao visitar o interior da casa de Goethe, Kafka foi apresentado às três filhas do administrador do local e se apaixona por uma delas, a bela adolescente Grete Kirschner, mas não é correspondido.

Após seis dias de estada em Weimar, Brod retornou a Praga e Franz foi passar o resto de sua licença numa casa de repouso naturalista com o nome bem sugestivo de Jungborn (Fonte da Juventude). Lá eram realizadas atividades em grupo, como conferências, palestras em torno do bem viver, técnicas ligadas a uma religiosidade oriental que compreendia meditação, cantos e danças em roda e ginástica ao ar livre. A alimentação tinha por base legumes crus. Ainda que Franz fosse um solitário por temperamento, entrosou-se bem com os demais hóspedes. Gostava do estilo natural de vida preconizado no estabelecimento, participava das diversas práticas e só não aderiu ao nudismo. Por essa razão ficou conhecido como "o homem do calção de banho".

De volta a Praga em 28 de julho, não havia mais como adiar o compromisso que contraíra com os editores em Leipzig. Começou a reunir os textos que considerava passáveis, mas a cada revisão sua exacerbada autocrítica fazia com que os descartasse. Depois de uma semana de trabalho infrutífero, desabafou com Brod a angústia pela qual estava passando e sua dúvida em publicar o livro.

— Quanta autoconsciência nociva de ridículo aparece durante a leitura de coisas antigas com vistas à publicação de um livro, Max! Estou tentando juntar essa minha prosa miúda; alguns escritos são antigos, não sei se vale realmente a pena.

— Você não pode desistir agora, Franz. Ser editado na Alemanha e por uma boa editora representa um passo imenso. Se quiser, posso ajudá-lo a selecionar e revisar o material.

E assim foi feito. No entanto, uma vez escolhidos os textos, persistia a hesitação quanto à ordem em que seriam apresentados. Mais uma vez Franz recorreu ao amigo, pedindo ajuda.

— Claro, Franz, com o maior prazer! Venha jantar conosco amanhã e organizaremos o material juntos.

Na noite de 13 de agosto, Franz vai à casa de Max, que mora com os pais, e os amigos definem a sequência das dezoito narrativas para o futuro livro *Contemplação*, enviadas no dia seguinte aos editores pelo próprio Max a fim de evitar novas dúvidas e hesitações.

No entanto, aquela ida à casa dos Brod teria um significado especial na vida de Franz. Convidada também para o jantar está Felice Bauer, uma jovem berlinense em viagem para Budapeste, onde vai assistir ao casamento de sua irmã Erna. Felice para em Praga e visita os Brod, cuja filha Sophie é casada com um primo seu. A presença da moça à mesa de jantar fez com que a conversa girasse em torno dela: viagens, peças a que tinha assistido, seu trabalho em Berlim.

A princípio Franz não se impressionou muito com a aparência da visitante, até achou-a sem graça. Logo em seguida, muda de ideia e acredita estar apaixonado.

Felice, apesar de não ser bonita, é uma moça estável que ajudou a criar os irmãos durante os anos em que o pai saiu de casa para viver com uma amante. Ela é eficiente, prática, financeiramente independente. Tem um bom emprego como gerente de uma firma que fabrica e distribui um aparelho chamado *dictafone*, grande novidade na época, que permitia ao usuário ditar cartas e documentos que ficavam gravados para serem posteriormente datilografados pelas secretárias.

No correr do jantar, Felice conta que estudou hebraico e se confessa uma sionista. Franz, num arroubo de coragem, propõe que no ano seguinte sigam juntos à Palestina, e ambos selam o acordo com um aperto de mãos.

Começa então uma longa correspondência; serão anos de angústia, pois Franz, como sempre indeciso sobre que atitude tomar, fica noivo e desmancha o compromisso por duas vezes.

Ele escreve numa de suas cartas para a desolada candidata:

"Minha maneira de viver está organizada unicamente em função da literatura".

Para a pouca sorte da noiva, o namoro, que começara com a primeira carta enviada em 20 de setembro de 1912, encontra uma barreira intransponível: Franz, até então hesitante quanto à sua produção literária, na noite de 22 senta-se à escrivaninha às dez horas da noite, começa a escrever e é tomado por um arrebatamento como nunca tinha experimentado. Ele atravessa a madrugada trabalhando e vai até a manhã do dia seguinte, quando põe o ponto final no conto *O Veredicto*. Essa entrega total faz com que saiba ser este o seu caminho, maior do que qualquer outro interesse.

Felice aspirava a um casamento estável com um marido sólido. Um escritor não preenchia sua necessidade de segurança. Já Franz tinha na escrita sua verdadeira amante. No mês de novembro desse mesmo ano, ele termina a primeira parte de *A Metamorfose* e lê para alguns amigos. Entre eles, como sempre, está Max Brod, seu admirador mais entusiasta.

— À medida que crio esta história, sinto que vou exorcizando meus demônios — ele comenta com Brod. — Quem sabe escrevendo mais e me libertando mais, eu possa estar à altura de Felice!

Brod, preocupado com a narrativa aterrorizante, pergunta:

— Você vai mandar o conto para que ela leia?

— Não; acho que não... Não sei ainda... Tenho medo de deixá-la assustada. A história é repulsiva, você não acha?

— Só por esta primeira parte, acho que será um monumento literário, isso sim. E que vai trazer a fama a você.

— Ora, Max, você sabe que a última coisa que ambiciono é a fama!

— Não há nada que você possa fazer para evitá-la se ela estiver no seu caminho.

— Como não? Posso destruir cada palavra que escrevi, uma por uma.

No entanto, aquele ano foi muito produtivo: sua novela *O Veredicto* estava sendo publicada; começou a escrever mais uma narrativa, *O Homem Invisível*, e *A Metamorfose* já estava bem encaminhada.

Kafka era reconhecido e admirado nos círculos literários de Praga e seu editor punha muita fé no trabalho daquele jovem que aos poucos se transformava numa promessa. Ao mesmo tempo, iniciara o namoro com Felice, por quem se imaginava apaixonado. Como ela morava em

Berlim, o namoro se dava somente pela troca de cartas. O caminho para se casar e constituir família, no entanto, estava aberto.

Tantas possibilidades deixariam qualquer um feliz. Menos Franz, que se consumia de ansiedade diante do muito que o futuro prenunciava.

29. Um mar de cartas e de dúvidas

— Mamãe, o que você está fazendo no meu quarto? Lendo minhas cartas! — Felice, horrorizada, corre a tomar o maço de cartas que a mãe folheia.

— Desculpe, minha filha, eu realmente não pretendia... eu nunca ...nem sei como me explicar.

— Devolva-me todas as cartas — retruca Felice, muito aborrecida.

— Espere! Já que estamos aqui, só nós duas, vamos conversar sobre o que li.

— Não, mamãe, eu não quero.

A mãe de Felice prossegue, ignorando a proibição da filha:

— Você acha que pode dar certo um casamento com alguém que escreve essas coisas? Que vive com dor de cabeça, não tem forças para nada a não ser se fechar num quarto escuro, que vive angustiado, que diz que a única coisa que quer fazer na vida é escrever... Ora, minha filha, você é uma moça cheia de compromissos de trabalho, uma mulher de negócios! O que pode esperar desse escritor desconhecido que nem sequer se anima a viajar para ver a namorada?

As duas se sentam na beira da cama de Felice e conversam com uma franqueza como havia muito tempo não tinham.

— Mamãe, você não entende. Franz é um homem excepcional, um intelectual.

— E isso o faz candidato a bom marido e pai de família?

Felice responde com amargura:

— Nem sempre as aparências correspondem à realidade. Veja o Papai... um homem de negócios, sólido como você gosta, e o que faz?

Nos abandona para viver com outra mulher. Você acha que é isso que quero?

A mãe, cabisbaixa, murmura:

— Este caso é diferente...

— Diferente por quê? Por ele ser seu marido e pai de seus quatro filhos? Você acha que também não quero me casar e ter a minha própria vida, cuidar dos meus filhos, para variar? — Felice responde, alterada.

— Eu sei, querida, eu sei. Você vem se sacrificando por nós desde os dezesseis anos. Sem você, eu e seus irmãos estaríamos perdidos, não pense que não reconheço. Não fosse você nos ajudar, nem sei o que teria sido. Entendo perfeitamente que você queira seu próprio lar. Só estou dizendo que este senhor Kafka não me parece o candidato certo para uma moça tão bem situada na vida quanto você.

— Mamãe, se este senhor Kafka, como você diz, aceitar uma noiva cuja irmã é mãe solteira, cujo irmão é um folgado que não faz nada na vida e cujo pai vive em outra cidade com uma amante, eu serei grata a ele pelo resto de meus dias.

Assim, o namoro continua por meio de uma profusão de cartas, nas quais Franz fala de seus medos, agonias e fobias. E também não faz segredo de suas esquisitices: é vegetariano, odeia barulho, abomina as horas de trabalho, todas as noites fecha-se no quarto por volta das dez horas e escreve até alta madrugada. Só depois, exausto, é que vai se deitar, normalmente para enfrentar horas torturantes de insônia.

Talvez animado com a ideia de casamento, que se fortalece com o enlace de Max Brod e Elsa Taussig, ou mesmo por se sentir mais solitário com o casamento do amigo, a verdade é que em março de 1913 finalmente Franz visita Felice em Berlim, num domingo de Páscoa. Por ironia do destino, Felice não tinha recebido a comunicação de sua chegada e de que a estaria esperando no hotel. Franz fica sentado na recepção sem saber o que poderia ter acontecido. Teria Felice mudado de ideia em relação ao prosseguimento do namoro? Aquele era o segundo encontro do casal após sete meses de um turbulento namoro epistolar, por meio do qual tanta coisa de ruim ele contara sobre si mesmo; não se espantaria se ela tivesse desistido. Mas deixá-lo assim, à sua espera, sem nenhuma notícia? Não, Felice não agiria desta forma. Então rabiscou uma nota, que enviou por intermédio de um mensageiro, pedindo-lhe que telefonasse porque ele teria de partir naquela mesma tarde.

Felice ligou assim que recebeu o bilhete.

— Franz, que surpresa! Eu não sabia que você viria. Por que você não me avisou?

— Eu avisei. Mandei uma carta dizendo quando chegaria e onde estaria hospedado.

— Mas eu nunca recebi esta carta.

— É uma pena, Felice, porque tenho de partir hoje ainda. Marquei um encontro com meu editor em Leipzig amanhã, e depois sigo para uma viagem de trabalho.

— Pelo menos vamos nos ver um pouco. Você sabe onde fica o Parque Grunewald?

— Não vai ser difícil encontrar.

— Então me encontre no portão de entrada daqui a meia hora.

A expectativa deixou Franz nervoso, querendo voltar atrás e partir, mas não podia fazer isso com Felice. Então se dirigiu ao parque e todo o nervosismo foi embora quando a viu, tão simples, quase feia, mas com a aparência sempre sólida e prática, o contrário da dele.

Após se cumprimentarem com um aperto de mãos o mais formal possível, sentaram-se num tronco de árvore no lindo parque e se puseram a conversar.

O encontro foi agradável. Passearam bastante, trocaram amenidades, conversaram muito e Franz acabou adiando a viagem a Leipzig para o dia seguinte.

Ao voltar a Praga cinco dias depois, escreve para Felice:

"Quão perto de você eu cheguei na minha viagem para Berlim! Eu respiro somente através de você... Você não me conhece suficientemente bem, minha querida".

Mais uma carta afetuosa, mas sempre sem usar a palavra amor.

30. Uma confissão

"Querida Felice,

Eu nunca poderei possuí-la. Por isso eu tinha um bom motivo para querer com todas as minhas forças me afastar de você seis meses atrás, e além do mais, motivo para temer qualquer ligação convencional com você, uma vez que as consequências de uma união só trariam o agravamento do meu desejo, retirado das desgastadas forças que ainda me sustentam — eu, que sou inapto para esta terra — nesta terra hoje."

Esta carta, enviada em 1º de abril de 1913, deveria pôr um fim no relacionamento, o que Franz passou a temer, conforme confessou ao amigo Brod.

— Max, acho que Felice não vai mais me querer depois da grande confissão que fiz a ela.

— O que você foi lhe dizer, Franz?

— Que me considerava muito fraco para possuí-la.

— Como você pôde fazer-lhe uma afirmação assim? — respondeu Brod, aborrecido. — Além do mais você bem sabe que não tem fundamento o que você lhe contou. Sua saúde não tem nada de tão grave que o impeça de levar uma vida normal. Dores de cabeça, cansaço... A vida de casado melhoraria tudo isso.

— Na verdade acho que ela é uma verdadeira mártir. E é claro que está minando a base na qual antigamente costumava viver, feliz e afinada com o resto do mundo, antes que eu aparecesse na vida dela.

Apesar do que Franz lhe revelara, o namoro continua. Felice se queixa, em sua correspondência, que ele vive insistindo morrer de desejo por ela, mas na realidade todas as cartas que lhe enviou desde o início não passavam de um exercício de escrita. Realmente, em grande número das cartas, Franz aproveita para dividir com Felice o andamento de sua produção literária, que não é o assunto que mais interessa à namorada.

Em 1913, o irmão de Felice fica noivo e Franz é convidado. Viaja para Berlim e lá conhece a família Bauer. Durante a festa, pergunta a Felice se ela quer se casar com ele.

— Claro que quero, Franz! Esperei tanto por esse dia. Vamos já contar para toda a minha família.

— Não, minha querida, agora não. Essa não seria a forma correta.

— Mas, então, não vamos contar que estamos noivos?

— Não antes que eu formalize o pedido. Prometo a você que assim que voltar a Praga, enviarei uma carta ao seu pai neste sentido. Temos de observar as formalidades.

Porém, o ano transcorre sem que os dois se encontrem ou que a carta para o pai de Felice seja escrita. Durante esse tempo, Franz viaja bastante: para Viena, a serviço; e para a Itália, numa longa viagem após a qual vai descansar num *spa* em Riva. Lá, uma russa lê seu futuro nas cartas enquanto flerta com ele; lá, também, conhece uma moça suíça e os dois se envolvem num namoro cheio de passeios, brincadeiras e muita despreocupação. No final de setembro, Franz decide romper o noivado e envia uma carta desolada de Veneza, na qual diz a Felice que precisam se despedir um do outro.

Ainda assim a correspondência prossegue. Felice não quer abrir mão do compromisso e a seu pedido, uma amiga bastante recente, Grete Bloch, que está de mudança para Praga, marca um encontro com o relutante pretendente. A intenção é interceder pela união, porém o que ocorre é que Grete e Franz ficam amigos, talvez um pouco além da medida. Grete torna-se confidente de Franz. Abre-se com ela não só sobre Felice, mas sobre sua vida amorosa em geral, seus sonhos e sua literatura. Entre os dois logo se forma uma grande ligação e ele faz a corte à moça, ao mesmo tempo em que continua a dar esperanças para Felice.

Alguns meses se passam. Franz decide se desculpar com Felice e marcam novo encontro em Berlim; só que desta vez é a ex-namorada que não quer mais saber de reatar com ele.

Entre cartas de cá e de lá e mais confidências a Grete, que também troca correspondência com Felice, Franz decide lutar por aquela que agora não mais o quer. Vai novamente a Berlim em abril de 1914 e consegue seu intento: retorna oficialmente noivo.

Ao chegar, como de hábito, se encontra com Brod num café.

— Então, Franz, está feliz? Pela sua cara não me parece que o noivado o tenha deixado muito alegre.

Franz confidencia:

— Meu argumento geral é este: estou perdido de amor por Felice. Não a esquecerei nesta vida; consequentemente, não me casarei com ela.

— Será mesmo?

— Sim, posso afirmar com certeza. Agora, Max, me dê licença porque tenho de ir ao jornal mandar publicar o anúncio do noivado.

E se afasta rapidamente, deixando Brod sozinho no café, pasmado com tanta incongruência.

O anúncio do noivado é publicado nos jornais de Berlim e de Praga. No primeiro dia do mês de junho, é celebrado com uma festa na casa dos Bauer, à qual comparecem os pais e a irmã caçula do noivo. O casamento é marcado para setembro.

31. Fim de caso

Como era de se esperar, o compromisso não dura muito. Os noivos não combinam em nada, seja no modo de vida que querem levar, ela pretendendo uma vida mais burguesa e urbana, ele sonhando com uma gruta onde possa ficar sozinho para escrever; nem mesmo no que diz respeito à escolha dos móveis do futuro lar os dois chegam a um acordo.

Franz vai a Berlim e num terrível encontro no hotel onde está hospedado, sofre duras acusações por parte de Felice diante de sua irmã Erna e de Grete; a cena continua na casa dos Bauer e ele se sente como diante de um tribunal, sendo julgado pela família da moça de algum crime que não cometeu. O noivado é rompido. Franz acha que houve alguma influência perversa de Grete. Sabe-se lá o que pode ter dito ou escrito para a amiga, muito provavelmente ela própria querendo Franz para si.

Ainda em Berlim, ele escreve aos pais avisando do desfazimento do compromisso. A reação é catastrófica: Hermann havia alugado, em Praga, um apartamento para o jovem casal e ainda terá de pagar seis meses de aluguel, mesmo não havendo casamento.

De todo esse episódio, nasce a ideia que vai formar o mais famoso de seus romances, O *Processo*, no fundo uma alegoria de tudo o que lhe ocorre: a dificuldade com a autoridade paterna, a confrontação com a família de Felice, a condenação sem saber do que está sendo acusado.

32. A irmã rebelde e cúmplice

Não era só Franz que sentia o peso das ideias e críticas de Hermann na casa dos Kafka. Depois que as irmãs se casaram, Ottla, a caçula, passou a ser o novo alvo. Tudo o que ela fazia contava com a franca oposição paterna. Mas Ottla, ao contrário de Franz, não se deixava intimidar. Era rebelde, cabeça dura, desafiava constantemente o pai, encarava-o, respondia, fazia complôs contra ele com as empregadas de casa e conspirava com os da loja, onde ela trabalhava de manhã à noite. Quanto mais Hermann implicava, mais ela fazia as coisas de modo a incomodá-lo profundamente. E nisso encontrava o total apoio do irmão, sempre pronto a encorajá-la. Os dois se tornaram cada vez mais unidos. Além de irmãos, eram amigos, confidentes e tinham um inimigo em comum: o pai. Este, a cada briga, lançava mão das conhecidas "dores no peito" para desespero de Julie, que corria a fazer-lhe compressas frias. Com tal expediente, a guerra entre pai e filha ganhava uma trégua, ainda que por pouco tempo.

Quando a guerra estourou em 1914, o marido de Elli foi convocado. Elli e os filhos mudaram-se para a casa dos pais e Franz, por falta de espaço, foi morar na casa da irmã. Mas não se mudou completamente — apenas dormia lá. O marido de Valli também foi convocado e Franz, que queria servir o exército para o qual fora considerado apto, não conseguiu ser dispensado do trabalho. O Instituto sempre barrava suas pretensões, alegando não poder abrir mão de seus serviços. Ele era realmente um funcionário competente, muito admirado pelos relatórios impecáveis e pelo sucesso com que se desincumbia nas viagens empreendidas em nome da empresa. Seus estudos jurídicos na área securitária eram tidos como modelos. Dessa forma, não teve outra opção que não ficar em Praga, tentando escrever nos intervalos do trabalho.

Só que o barulho mais e mais o atormentava; não conseguia criar, não conseguia dormir.

Nessa mesma época, a situação de Ottla na casa dos pais tornou-se insustentável.

— Ottla, ouvi dizer que você está de namoro com um porco tcheco e ainda por cima não judeu — disse-lhe o pai.

— Acho que você está mal informado, papai. Não estou namorando um porco, mas sim um homem maravilhoso, que me faz muito feliz e com quem quero me casar.

— Cale-se imediatamente, Ottla. Nem mais uma palavra! — rugiu Hermann

— Ora, papai, tenho 24 anos e escolho quem eu quiser! Para mim você não terá que pagar uma casamenteira para arrumar marido, como fez com as minhas irmãs.

— Suas irmãs estão muito bem casadas, com ótimos rapazes judeus, escolhidos a dedo, à altura de uma filha minha e não esse verme.

— Papai, eu o proíbo de referir-se assim a Josef.

— Ha, ha! Você ouviu isso, Julie? — Hermann procurou o suporte da mulher. — Ela me proíbe. A minha filha mais nova acha que pode me proibir alguma coisa, eu que dei tudo, a minha vida, a minha saúde para que esses ingratos não passassem pelo que eu passei. Pois saiba que quando eu tinha sete anos, senhora minha filha...

— Já sei, papai, cansei de ouvir essa história que você nos empurrou goela abaixo durante toda a nossa infância e juventude.

Hermann ficou pálido e curvou-se, levando a mão ao peito.

— Hermann — gritou Julie, correndo para o lado do marido —, o que foi? O que você está sentindo? Venha, querido, venha se deitar e vou pôr umas compressas frias na sua testa. Veja, Ottla, o que você fez! Vocês ainda matam o seu pobre pai.

Franz, que chegava em casa neste momento, perguntou à irmã.

— O que foi desta vez?

— Ora, o de sempre. Alguém contou para ele que estou saindo com Josef.

— E o céu despencou — riu Franz.

— Não só despencou como nosso pai se pôs a xingar um homem que ele nem conhece, e é claro que com isso começou a lenga-lenga de quando ele tinha sete anos.

E Franz, então, se pôs a arremedar o pai:

— Pois saiba, senhora minha filha, que quando eu tinha sete anos já ajudava meu pai, puxando uma carroça fizesse frio ou calor, para fazer as entregas. Não pense que levei a vida mole que proporcionei a vocês — e pôs a mão no peito, fazendo uma careta tão patética, que provocou um acesso de riso em ambos.

No quarto, um desolado Hermann se queixava à mulher o quanto Ottla o afrontava e o fazia sofrer.

Numa outra ocasião, depois de mais uma longa jornada de trabalho na loja ouvindo o pai se lamuriar e ser grosseiro com os empregados, Ottla chegou em casa exausta e mal-humorada. Durante o jantar explodiu:

— Não aguento mais o trabalho na maldita loja!

— Ah, não me diga, senhorita. Pode-se se saber o que tanto desagrada a minha filha na loja de onde vem o dinheiro que sustenta esta família?

— É um trabalho monótono, cansativo, sem graça. O que quero fazer é trabalhar a terra, em contato com a natureza.

— E posso saber de onde veio essa ideia absurda? — perguntou Hermann, ironizando. — Seria, por acaso, influência do seu irmão que também reclama do trabalho no Instituto e suspira pela vida ao ar livre?

— Pode ser. Franz e eu temos, de fato, muitos gostos em comum. Mas o que eu gostaria mesmo era de ser útil, usar minhas mãos para ajudar uma comunidade e não só a família.

— Julie, você está escutando as bobagens que passam pela cabeça da sua filha caçula?

Ottla não se deixou intimidar:

— Eu ainda vou fazer uma escola de agricultura. Assim que terminar a guerra, vou embora para a Palestina morar num *kibutz*.

Hermann deu um murro na mesa e se levantou de um salto, derrubando a cadeira.

— Nem mais uma palavra, entendeu? Cale essa boca. Você é uma menina mimada e maluca que quer desfazer tudo o quanto eu construí. Julie, não quero jantar. Vou para o meu quarto.

E Hermann saiu pisando duro, Julie atrás dele com os olhos cheios de lágrimas. À mesa, os irmãos se regozijavam.

— Acho que você faz muito bem, Ottla. Se o seu sonho é ir para a Palestina, não deixe que nada se ponha em seu caminho.

— Você vem comigo?

— Eu não sei de mim, Ottla. É possível; mas, também, talvez seja impossível.

— Ora, Franz, tenho certeza de que você virá. Vamos colocar isto como meta para nossas vidas.

— E Josef? Seu namorado não é judeu. Como ele vai encarar este projeto?

— Não sei. Ainda não pensei nisso. Mesmo porque não sei se quero me casar com Josef.

— Conhecendo a minha irmãzinha como conheço, o pobre Josef vai virar judeu e se mudar para a Palestina se você encasquetar.

E os dois continuaram a jantar tranquilamente, nem um pouco preocupados com a ira paterna.

Foi Ottla quem encontrou e se encantou com a casinha de número 22 da travessa dos Alquimistas. Ela se convencera da necessidade de viver longe dos pais, mesmo porque precisava de um local discreto a fim de se encontrar com o namorado.

Levou o irmão para conhecer sua paixão: uma casinha medieval, mínima, que mais parecia feita para anões, saída de um conto de fadas.

Franz, que era alto, não gostou, mas Ottla fechou contrato ainda assim. E como ele se queixasse cada vez mais do barulho que o incomodava a ponto de não conseguir escrever, Ottla sugeriu que usasse aquele local sossegado para trabalhar.

— Mas Ottla, eu tenho 1 metro e 82 de altura! Como você pretende que eu trabalhe nesta sua casa? Não dá nem para entrar. Olhe a altura da porta...

— Claro que dá. Abaixe a cabeça e entre. Lá dentro você cabe folgado, o teto é mais alto. Prometo que cuidarei de tudo para que não falte conforto e mandarei uma menina fazer a limpeza. O preço do aluguel compensa. É quase de graça.

De fato, entre dezembro de 1916 e abril de 1917, ele passou a ir todas as noites após o jantar para o seu refúgio, lá vivendo como eremita. Cercado de muito verde, ordem, comodidade e silêncio, Franz produziu bastante. Quase todos os seus contos foram escritos durante esse período. Por volta da meia-noite, deixava a casinha e voltava para casa, refrescando as ideias no caminho.

No entanto, o senhorio não quis renovar o contrato de locação, o que veio a calhar com a decisão de Ottla de trabalhar a terra e assim concretizar seu sonho. O marido de Elli, Karl Herman, tinha uma propriedade rural na cidadezinha de Zürau, ao norte da Boêmia. Numa reunião tormentosa com o pai, Ottla comunicou que estava de mudança para o campo. Apesar dos protestos, ela fez, como sempre, a sua vontade.

Na mesma época, Franz encontrou em Praga um belo apartamento num palácio do século XVIII. O único problema é que não tinha banheiro, mas isso não desestimulou o maravilhado locatário. Também era frio e úmido, detalhes que não o demoveram de alugar o imóvel. Chegou mesmo a retomar a ideia de se casar com a sempre disponível e paciente Felice, tendo até escrito para a ex-noiva da possibilidade de fazerem uma tentativa de vida em comum.

O apartamento situava-se na outra margem do rio, distante de seus caminhos habituais na Cidade Velha, e com isso pôde se recolher mais ainda, com a desculpa de que os portões de acesso eram fechados à noite.

Durante os meses que se seguiram escreveu um pouco e dedicou-se com afinco ao estudo do hebraico.

Em julho, Felice chega a Praga e os dois resolvem reatar o noivado. Neste mesmo mês, ele acompanha a noiva numa viagem até a Hungria, onde moram a irmã dela e o cunhado, numa cidade distante. Na volta, um re-encontro haveria de chocá-lo terrivelmente: sabendo que seu velho amigo, o ator Isaac Löwe, estava morando em Budapeste, ao passar por aquela capital foi procurá-lo. Isaac, totalmente paranoico em razão das drogas das quais se tornara dependente, pôs-se a acusar Franz de fazer parte de uma conspiração contra ele. Muito triste com o estado do amigo, Franz foi embora sem nada poder fazer para ajudá-lo. O vício enlouquecera o artista tão cheio de vida e criatividade. Ainda nesse mês, entregou ao seu editor Kurt Wolff os treze contos que produzira na casinha da travessa dos Alquimistas. Wolff, apesar do fracasso de vendas de *Contemplação*, prontamente se dispôs a publicar o conjunto, com o título de um dos contos: *Um Médico Rural*. Franz o dedica ao pai.

Parecia finalmente que se estabilizara a vida do escritor: morava sozinho num apartamento de que gostava, escolhido por ele mesmo; pretendia se casar; os originais de seu novo livro já estavam nas mãos do editor; continuava detestando o trabalho no Instituto, mas tinha planos de pedir um ano de licença assim que a guerra terminasse.

Na primeira semana de agosto, pequenas manchas de sangue ao tossir. Na noite de 9 de agosto de 1917, uma hemorragia tão forte, que na manhã seguinte, ao entrar no quarto para arrumar, a empregada tcheca diz-lhe com a honestidade dos simples:

— Senhor Doutor, o senhor não tem muito tempo mais...

Ele imediatamente escreve a Felice:

"...Tive à noite, por volta das cinco da manhã, uma hemorragia pulmonar. Bastante forte, cuspi sangue durante dez minutos ou mais, pensei que nunca pararia".

Após cinco anos de namoro, dois noivados, uma enxurrada de cartas entremeada de meses de total silêncio e muito desentendimento entre os dois, a doença atinge Franz em cheio, tirando-lhe qualquer esperança de futuro.

Por insistência de Brod, procura o médico que diagnostica a tuberculose. "As trombetas de alarme vazio", como ele anota em seus Diários. Ele sabe que não mais recuperará a saúde.

Em outra carta a Felice, dá por encerrado o caso entre os dois, dizendo-lhe que considera a doença como sua "bancarrota geral".

Felice sai para sempre da vida de Kafka.

CAPÍTULO V

1919-1920 – Julie, nova publicação e um jovem amigo

Pensão Stüdl em Schelesen onde Kafka, em 1919, conhece sua segunda noiva, Julie Wohryzek

Kafka e sua irmã favorita Ottla em Zürau

Pensão Stüdl, em Schelesen. Aqui, após romper o noivado com Julie Wohryzek, Kafka escreveu a *Carta ao Pai*

33. Oito meses tranquilos

— Max, fiz um balanço desses últimos cinco anos e vi que a doença é a minha bancarrota geral. Tenho medo da noite, tenho medo da não-noite. Não consigo mais escrever. Não quero mais saber de literatura.

— Não, Franz, você não deve pensar em abandonar a literatura. Seus artigos nas revistas literárias são muito apreciados, o seu conto *O Veredicto* já está publicado e recebe boas críticas. Durante todo esse tempo você tem escrito muito: *O Foguista*, *A Metamorfose*...

Franz interrompe o amigo com humor amargo:

— Mas livro mesmo, só *Contemplação*. Até agora, foram vendidos onze e eu mesmo comprei dez, ironiza. — Gostaria de saber quem comprou o décimo primeiro. Fracassei na ideia de casar, e agora minha literatura fugiu dos meus dedos.

— Sabe o que acho? Você não estava apaixonado por Felice. Na verdade, queria uma presença amiga que o distraísse da sua verdadeira paixão, que é a escrita. O amor por Felice era apenas uma criação da sua vontade, da sua fantasia. Outras mulheres virão. Mas não queira dar as costas à sua verdadeira razão de ser, porque sem ela você está condenado.

O outro parece não ouvir e continua no mesmo tom.

— Estou vivendo uma total esterilidade criativa. A ideia de pular pela janela volta a todo o instante.

— Meu amigo, esqueça essas ideias sombrias — Max intervém, alarmado. — A produção de todos os escritores oscila mesmo, isto é normal. Não exija tanto de si.

— Sabe o que acho? — responde Kafka, com ar gaiato. — Que meu cérebro e meus pulmões chegaram a um acordo sem o meu conhecimento. *"As coisas não podem continuar desse jeito"* — falou o cérebro, e depois de cinco anos os pulmões responderam que estavam prontos a ajudar.

— Você não toma jeito mesmo, Franz, sempre fazendo graça quando penso que está falando sério. O que você está precisando é de um pouco de descanso. Um período no campo só faria bem.

Franz acolhe a sugestão do amigo e decide aceitar o convite de Ottla, que estava morando em Zürau, na casa de campo do cunhado. Renova a licença no trabalho e vai para a aldeia pacata, envolta em belezas naturais e onde conta com a companhia protetora da irmã. A escrita ainda lhe foge, mas como previra Brod, a vida no campo lhe faz bem. Sua saúde melhora e ele só volta para Praga depois de oito meses felizes.

Em fins de novembro de 1918, já terminada a Primeira Guerra, dissolve-se o Império Austro-Húngaro com a abdicação do imperador austríaco e é proclamada a República da Tchecoslováquia. Franz, agora um cidadão tcheco, graças à sua fluência no idioma não enfrenta nenhuma retaliação como aconteceu com vários de seus conterrâneos, tidos como associados ao antigo poder imperial. Ele é mantido no Instituto, mas enfrenta outra guerra: o organismo, debilitado pela tuberculose, faz de Franz presa fácil da gripe espanhola, que vinha assolando a Europa. Sua mãe o leva para uma cidadezinha ao norte da Boêmia para se tratar, num lugarejo chamado Schelesen, onde se hospedam numa pensão agradável e bem barata.

Depois de uma rápida visita a Praga onde passa o Natal e Ano Novo, retorna à pensão em Schelesen em janeiro de 1919, sozinho. Lá encontra novamente o amor.

34. Um novo amor

Ela se chama Julie e tem vinte e oito anos. Vem de família pobre — o pai é sapateiro e também empregado de uma sinagoga nos subúrbios de Praga.

Julie dirige uma pequena loja de roupas, já foi noiva, mas o eleito morreu na guerra e agora se encontra adoentada, por isso foi passar uma temporada no campo.

O início do relacionamento é nervoso: onde quer que se vejam na casa onde estão hospedados, os dois têm ataques de riso incontroláveis, a ponto de evitarem de se encontrar. Estabelece-se entre eles um namoro leve, divertido. Ao retornar a Praga, ele confessa a Brod:

— Max, estou encantado com Julie.

— Como ela é? Bonita? Judia? O que ela faz?

— Bom, ela é judia, mas não-judia; não alemã, mas ao mesmo tempo não não-alemã, louca por cinema e operetas. Usa um monte de expressões grosseiras em iídiche, é mais alegre do que triste.

— Vejo que você está muito animado com essa moça. Ela é culta?

— Ao contrário. No geral é muito ignorante. Na aparência lembra um pouco a Grete Bloch, aquela amiga da Felice, lembra-se?

— Como eu haveria de esquecer? Se foi ela quem prejudicou o noivado de vocês...

— Não foi culpa dela e sim minha.

— Discordo, mas não quero entrar no mérito. Continue a falar desta Julie.

— Bem, se você quer classificá-la por raça, eu diria que ela pertence à raça das balconistas.

E os amigos estouram numa gargalhada. Franz se torna sério de repente:

— Contudo, ela é corajosa, tem bom coração, é despretensiosa — todas estas qualidades reunidas em uma pessoa que, apesar de bonitinha, não é mais do que um fiapo, como os mosquitos que voam em torno da minha lâmpada.

— E seus pais, você acha que eles aprovariam?

— Tenho certeza que não. Aliás, eles nunca aprovaram minhas escolhas e agora mais ainda, já que estão em guerra declarada contra Ottla, que insiste em se casar com o namorado não judeu.

— De fato é uma pena a sua irmã insistir nesse casamento — observa Max.

— Ao contrário. Acho que ela faz muito bem em ir avante. Se ela gosta do Josef David, que se case com ele e tente ser feliz.

— Desculpe, mas eu estou com seus pais. Uma moça como Ottla, judia, casar-se com um cristão! Isso é dar as costas às próprias origens.

— Pode ser. Talvez o que ela esteja fazendo seja excêntrico, mas é bom tentar conquistar o que é bizarro e difícil.

Durante toda a primavera e o verão de 1919 prossegue o namoro de Franz e Julie. Ele volta ao trabalho e no mês de maio é editado o seu livro *A Colônia Penal*. No fim de junho, os dois passeiam de mãos dadas pelos parques e ruas de Praga, fazem-se boa companhia. Ele se sente mais calmo e seguro ao lado daquela moça descomplicada. Como sempre, Franz se debate entre a vontade de se casar e uma barreira emocional de encarar o vínculo, mesmo porque o motivo do rompimento com Felice — a sua doença — ainda persiste, e ele sabe que não tem cura.

Mas o casal se dá bem, um gosta da companhia do outro. Julie diz não querer se casar, no entanto Franz insiste na ideia. Comunica aos pais sua intenção e Hermann reage com fúria:

— Ora, ora, então faço de tudo, dou o melhor dos estudos para o senhor meu filho, o meu único filho homem, até abro uma usina para que ele se torne um industrial respeitado e o que ele vem me dizer? Que quer se casar com uma balconistazinha, filha de sapateiro! Eu conheço bem esse tipo de moça. Ela provavelmente pôs uma blusa bem decotada e você já quer se casar. Não tem outro jeito de conseguir o que quer?

— Papai, não fale assim...

— Eu o proíbo, entendeu, Franz? Você está terminantemente proibido de se casar com essa mulherzinha, que deve ser uma oportunista atrás do dinheiro do primeiro trouxa que lhe aparece...

— Ela não é nada disso que você diz. Julie é uma boa moça. Ela não queria se casar, fui eu que insisti.

— Ah, está vendo? Eu não erro, senhor meu filho, farejo longe, a vida me deu experiência; de duas uma, ou ela vem com essa conversinha de que "não quero me casar" para fisgar você mais ainda, ou ela não presta. Uma mulher que quer se relacionar com um homem sem se casar, o que pode ser?

— Pai, desta vez não vou me dobrar à sua vontade, como fiz a vida inteira.

— Se fez isso, foi por sua culpa. Sempre dei chance para conversarmos, mas você reage de um modo estranho. Por que você tem medo de mim, Franz?

— Eu... eu... Não é disso que estamos falando, pai. O fato é que vou me casar com Julie.

A mãe interfere:

— Meu filho, talvez o seu pai não esteja sabendo expressar bem seus sentimentos. É que nos preocupamos com o seu futuro. Que perspectiva pode ter um casamento para você, com a sua doença?

— Mãe, se há alguma chance de cura para mim, será por meio do casamento com a mulher que amo.

A mãe encolhe os ombros.

— Bem, se for assim, você tem a minha bênção.

— Mas a minha, não — ruge o pai. — A minha nunca, compreendeu bem, senhor meu filho? Um sapateiro como sogro. E ainda empregado de sinagoga. Era o que faltava. Mais uma vez você me decepciona. Mais uma vez!

Animado pela fúria paterna, Franz dá seguimento à ideia. Faz correr os proclamas, que logo são publicados. Ele e Julie estão felizes. Às vésperas do casamento, encontram o apartamento que lhes parece ideal. É pequeno, mas é tudo de que precisam e já vem mobiliado. Decidem alugá-lo.

Sentados no sofá de seu futuro lar, trocam ideias:

— Pensar que no domingo estaremos casados, minha querida.

— Estou tão feliz, Franz. Mais alguns dias, e esta será minha casa, estes, os meus móveis e você, o meu marido. Como foi bom o ano de 1919 para mim!

— Para nós, querida. Mas ainda é tempo de você se livrar de mim, um pobre homem que vive numa confusão de sentimentos e sensações contraditórias.

— Eu amo você, Franz. Quando estivermos casados, levando uma vida estável e alegre, com filhos em torno, você verá como toda essa confusão vai embora.

— Espero que você não se arrependa, Julie. Sou tudo, menos um mentiroso. Não escondi nada de você sobre o meu inferno interior.

— Não vou me arrepender, Franz. E você também não. Veja como já há harmonia nessa nossa casinha, antes mesmo de morarmos nela.

Mas no dia seguinte, o sonho desmorona. A moradia acabara de ser alugada para outra pessoa. Como casar sem ter onde morar? Na casa dos Kafka, impensável. O pai continua, com todas as forças, a combater aquele casamento, que acredita muito abaixo da situação social de sua família.

Franz e Julie não se casam e a doença volta mais forte.

Por ordem médica, ele vai novamente para o campo, desta vez na companhia do fiel amigo Max. É lá que volta a força da escrita, pujante, e produz a violenta *Carta ao pai*, onde responde a Hermann o porquê do medo que tem dele. Com argumentos muito duros, ele acusa o pai de tê-lo incompreendido desde a infância, ao passo que o que ele mais desejava era o reconhecimento e aprovação paternos. Essa carta jamais chegará às mãos do destinatário, mas vem a se tornar uma peça literária autobiográfica de grande valor, talvez aí a realização do sonho — escrever sua autobiografia — que um dia Franz confidenciara a Max.

Os noivos mantêm contato esparso ainda por quase um ano. Mas o agravamento do estado de saúde somado à ideia de enfrentar um casamento é pressão excessiva para Franz, que termina de vez o compromisso. Julie sofre com a decisão, e ele se recrimina por tê-la arrastado para o seu inferno pessoal. Ele não quer cortar de vez o vínculo com Julie, ainda mantém esperanças de mudar-se para Munique e levá-la junto. No entanto, uma carta escrita por uma estranha logo virá mudar os planos e dar uma guinada na sua vida.

35. Conversas filosóficas com um jovem amigo

Em março de 1920, com quase 34 anos, Franz ganha um grande amigo e admirador eterno. Trata-se do jovem Gustav Janouch, um garoto de 17 anos com pretensões a poeta. Seu pai é colega de trabalho de Kafka no Instituto e resolve mostrar-lhe a "obra" do filho. Quando Gustav sabe a quem o pai mostrara os seus poemas, quase cai de costas:

— Papai, o senhor mostrou meu trabalho para o Dr. Kafka? O autor de A *Metamorfose*? O senhor o conhece?

— Claro que conheço! E amanhã vou apresentar você a ele.

O pai do poetinha assustado contou-lhe que o Dr. Kafka trabalhava no Departamento Jurídico, um andar abaixo do seu, e que após ler os poemas, pedira para lhe apresentar o filho. Cada vez mais atordoado, Gustav foi ao Instituto no dia seguinte encontrar com o pai, que o levou até a sala do escritor. Quando se viu diante do grande homem, o rapaz quase não conseguia controlar o nervosismo. Kafka tratou de colocá-lo à vontade:

— Seu pai me disse que a conta de luz na sua casa é bastante alta porque você atravessa as noites lendo.

— Sim, senhor, é verdade, eu, eu...

— Pois fique sabendo que a conta de luz na minha casa também é altíssima, portanto não adianta ficar sem jeito comigo.

Daí em diante, o garoto passou a visitar o seu querido "Dr. Kafka", como respeitosamente o chamava, e nele encontrou um orientador culto e paciente, sempre disposto a conversar sobre os mais diferentes assuntos: arte, vida e, como não poderia deixar de ser, literatura, seu tema predileto.

Pouco depois de se conhecerem, os dois marcaram um encontro às quatro da tarde perto do Instituto. Como o tempo passava, Gustav ficava mais e mais desanimado, pensando que seu novo amigo não viria.

— Deve ter esquecido — dizia de si para si. — Que ideia a minha, achar que um homem importante como o Dr. Kafka perderia seu tempo com um moleque como eu.

Mais de meia hora de espera andando de cima para baixo, Gustav já pensava em desistir quando viu se aproximar a figura alta e magra do escritor. Aquele seria o primeiro de um sem-número de atrasos que ele aceitaria, mais uma das características de seu ídolo: Kafka não conseguia jamais chegar na hora marcada.

Nesse primeiro passeio viu o quanto Kafka conhecia Praga, seus monumentos, suas vielas tortuosas, seus palácios, seus jardins, suas casas, conseguindo transformar tudo em ícones por meio dos quais desvendava a história de sua cidade natal.

Já estavam quase no Palácio Kinski, quando um homem corpulento dirigiu-se a Kafka num vozeirão:

— Franz, para casa! O ar está úmido.

Gustav estranhou e olhou para seu mentor. Só podia ser algum engano, aquele homem que dava ordens justo ao Dr. Kafka, o ser mais importante e poderoso do universo...

— Meu pai — disse Kafka com voz abafada. — Ele se preocupa comigo. O amor tem frequentemente o rosto da violência.

E afastou-se sem ao menos se despedir, deixando Gustav atordoado no meio da rua.

Alguns meses depois, os pais do rapaz entraram em grave crise conjugal e Kafka foi de grande importância para o jovem amigo, ajudando-o a enfrentar a separação que fatalmente se seguiria. Além disso, Gustav queria estudar música, mas seu pai se opunha. Kafka aconselhou-o a não se dobrar à proibição paterna.

— Atrás de cada arte há uma paixão, Gustav. Por isso você ama a música e está mais ligado a ela do que aos seus próprios pais. É sempre assim em matéria de arte: é preciso rejeitar a vida para ganhá-la. Veja o exemplo de Van Gogh, cuja pintura nós dois gostamos tanto.

Diante das crises do adolescente, Kafka aconselhava:

— A paciência é a chave de todas as situações. Por trás das folhas mortas que se agitam à nossa volta, é preciso vislumbrar a jovem e fresca folhagem da primavera.

A lembrança das longas conversas que manteve com Kafka acompanhou Janouch para o resto da vida, que pôde constatar a sabedoria de suas lições. A paciência era mesmo o único e verdadeiro fundamento para a realização de todos os sonhos. Conforme o tempo avançava, convenceu-se de que o Dr. Kafka era um "santo possuído de verdade".

CAPÍTULO VI

1920 – Milena, a grande paixão

Milena Jesenská, a grande paixão

Castelo em Wossek, portal para a parte baixa da aldeia

Palácio Schönborn, residência de Kafka na primavera/verão de 1917. Neste Palácio foi escrita boa parte dos contos do Médico Rural

36. A paixão de Kafka

A primeira carta chega em outubro de 1919.

Seu nome é Milena, e para seus 24 anos já viveu uma vida bem agitada. Ele se recorda de tê-la visto num café de Praga havia alguns anos. Ela lhe escreve que mora em Viena e pede permissão para traduzir para o tcheco uma novela de sua autoria.

Milena pertence a uma importante família de Praga. Filha de um famoso cirurgião, considerado um dos maiores especialistas em reconstituição de maxilares, aos três anos perdeu o único irmão, ainda recémnascido. Sua mãe, meiga e dotada de temperamento artístico, também veio a falecer quando Milena contava 12 anos.

Filha única e órfã de mãe, nunca se entendeu com o pai autoritário. A fim de compensar a decepção de não ter um filho varão, ele a criou como se fosse um menino: impaciente, batia nela ao menor pretexto. Por outro lado, e diferentemente da maioria das famílias da época, matriculou a filha no Liceu Minerva, o primeiro colégio para moças na Boêmia. Fundado por intelectuais tchecos, tinha métodos pedagógicos bastante progressistas, muito diferentes das sufocantes escolas frequentadas por Kafka na infância e na juventude.

Milena tem um comportamento bem avançado para seu tempo. No liceu, torna-se líder e instigadora de um grupo de meninas na desobediência das regras impostas. Dizia-se que gastava dinheiro como uma louca. Adorava chocar a burguesia de Praga com roupas provocantes, com o uso de drogas que roubava do consultório do pai, e com atitudes inconcebíveis para uma jovem rica e educada. Contava-se que para chegar a tempo a um encontro atravessou a nado o rio Moldava, totalmente vestida; em outra vez, foi presa às cinco da manhã no parque municipal, ao ser flagrada colhendo flores dos canteiros para oferecer a um amigo. Enfim, essa moça bonita, extravagante, maluquinha, brilhava no Café Arco onde os intelectuais se reuniam, dando bastante dor de cabeça para o pai, conservador, renomado professor na universidade.

As diferenças entre pai e filha cresciam dia a dia, especialmente quando Milena resolve abandonar a faculdade de Medicina que estava cursando, para explodir de vez quando ela se torna amante de um intelectual cujo apelido, "Onisciente Polak", não corresponde à sua pouca produtividade. Boêmio e mulherengo, dez anos mais velho que a namorada ainda adolescente, Ernst Polak ainda por cima é judeu e de língua alemã, o que o torna um candidato mais do que indesejado.

O Dr. Jesensky fica tão furioso que, com a ajuda de amigos psiquiatras, interna a filha num hospício. Mas Milena não se deixa abater: foge várias vezes, encontra-se com o amante até que, após nove meses de tormento, o pai desiste de castigar a filha. Em vez disso, rompe relações e jura tirá-la de seu testamento.

Liberta do controle que a tolhia, ela decide frequentar os meios anarquistas e socialistas. Contrariando definitivamente a vontade paterna, casa-se com Ernst.

O casal vai viver em Viena. Lá, passam as noites nos cafés da intelectualidade boêmia. É claro que o idílio não haveria de durar muito tempo: sem dinheiro e dando-se muito mal com o marido, que se recusa a sustentá-la e continua a ter outras mulheres, Milena tem de se virar para conseguir algum dinheiro, a ponto de carregar malas na estação de trem. Enfraquecida e doente, ela busca o sustento traduzindo do alemão autores contemporâneos para revistas tchecas. Desta maneira é que chega até Kafka em outubro de 1919, por meio de uma carta cheia de elogios que o deixa encantado e que mostra a Julie. Nela, pede autorização para traduzir alguns de seus contos, com o que ele concorda, escrevendo-lhe neste sentido.

Sempre à procura de uma vida mais saudável que lhe restitua a saúde, Franz vai para a cidade de Merano, nos Alpes Tiroleses, em abril de 1920, onde se hospeda numa casa de repouso bastante cara. De lá escreve uma pequena nota à Milena para saber como está indo a tradução. Não obtendo resposta, envia nova carta:

"Ou a senhora continua a se calar, e isto significa 'tudo vai bem'; ou então a senhora me envie uma palavra".

Milena responde, contando-lhe que andava adoentada e faz confidências dolorosas, num estilo que o arrebata. Finalmente, uma correspondente à altura! E quando viu as traduções de seus contos, ficou impressionado: ela o entendia para bem além das palavras, entendia o mundo que ele retratava.

Essa paixão de ambos por literatura dá início ao relacionamento. As cartas vão ficando mais íntimas, cheias de confidências de lado a lado. Ele lhe pede que escreva sempre em tcheco, ainda que responda em alemão.

"O alemão é a minha língua natal e, portanto, mais natural para mim, mas o tcheco soa mais íntimo."

Ela atende ao pedido. Escreve sempre em tcheco e o trata por Franc em vez da grafia germânica Franz.

Kafka está enfeitiçado por essa desconhecida que ama os livros e o entende tão completamente. Em junho de 1920, deixa Merano e, em vez de se encontrar com os pais e Julie, com quem combinara passar a última semana de férias, vai atrás da amada. Chega a Viena em pleno verão, num domingo, 27 de junho, mas só na terça-feira, após as costumeiras hesitações, toma coragem de enviar-lhe uma carta, marcando encontro para o dia seguinte.

Finalmente se conhecem. Ela é tudo o que ele tinha sonhado. Inteligente e muito madura para seus 24 anos em virtude do tanto que já tinha passado na vida; já Franz corresponde à imagem do escritor maravilhoso e sensível com quem ela vinha se correspondendo.

— Sua força me dá vida, Milena. Você sabe como desfazer meus medos, a culpa que me persegue. Você me faz esquecer a morte.

Franz se sente amado, e pela primeira vez na vida consegue amar na mesma medida.

Até o acanhamento do parceiro com o sexo Milena sabe enfrentar de maneira gentil. Ele não consegue ter uma relação completa, confessa-se culpado.

— Milena, me perdoe. Eu sou um fracasso. Não consigo nem levar ao fim minha união com você.

— Querido Franc, não se preocupe. Eu amo você assim mesmo, como você é. Nós já estamos muito mais unidos do que qualquer meia hora na cama.

— Você é um ser perfeito, Milena. É simplesmente incapaz de fazer alguém sofrer. Prometa que nunca mais vamos nos separar.

Passam quatro dias paradisíacos em Viena e ele retorna feliz, cheio de vida. Manda imediatamente uma carta para a amada, transbordante de paixão:

"Querida, a curta proximidade física e a súbita separação física me deixaram confuso. Por favor, fique comigo para sempre. Creio que se alguém pode morrer de felicidade, é isso o que me acontecerá. E se alguém destinado à morte pode continuar vivendo de felicidade, continuarei vivendo. Como o mar ama um cascalho nas suas profundezas, é este o modo que meu amor envolve você. Praga está um pouco melancólica, ainda não chegou nenhuma carta sua; meu coração está pesaroso. É realmente impossível que chegue alguma carta hoje, não houve tempo ainda, mas tente explicar isso ao coração. Receba uma torrente de tudo que sou e tenho, e de tudo que é abençoadamente feliz. Seu, Franz."

Encontra-se com Brod e conta sua recente fortuna:

— Max, ela é magnífica, é tudo com o que nem ousei sonhar. Ela faz parte de mim.

— Meu amigo, mas que bom vê-lo assim! Parece que você renasceu.

— E renasci mesmo. Desde que comecei a amá-la, amo o mundo inteiro. Somos almas gêmeas, não temos a menor reserva um com o outro; ela sabe de todos os meus dissabores e conheço a sua vida a fundo. Não existem segredos entre nós. Ah, e como ela ama a literatura! Até nossos gostos literários são gêmeos.

— Bem, o que vocês pretendem fazer?

— Eu vou romper imediatamente com a pequena Julie, coitadinha, que ainda alimenta esperanças. Espero que Milena tenha a coragem de se afastar do marido.

Naquela mesma tarde, Franz cumpre o prometido: procura Julie e termina o que ainda restara do compromisso. Julie fica desconsolada:

— Por que, Franz? Eu aceitei tudo, até continuar a ver você sem qualquer compromisso de casamento. O que foi que eu fiz?

— Você não fez nada, Julie. Se alguém tem culpa, esse alguém sou eu, mas não me arrependo.

— Eu não posso deixá-lo. Só se você me mandar embora. Nesse caso, eu vou. Você está me mandando embora, Franz?

Franz não hesita:

— Sim.

— Mas não posso, não quero ir — soluça a moça. — O que foi que aconteceu?

— Encontrei o amor. Não podemos mais nos ver.

Julie é a imagem da dor:

— Quem é ela? Quem é a mulher que roubou você de mim?

— Ela se chama Milena e é a mulher perfeita, a mais perfeita com quem ousei sonhar.

— Aquela que traduziu seus contos?

— Ela mesma.

— Mas ela é casada! Vou falar com ela, vou procurá-la, Franz. Você deve estar enfeitiçado. Nós nos amamos, íamos nos casar, lembra-se? Como você está sendo cruel!

Ele não se deixa demover pelas lágrimas da ex-noiva:

— Desista, Julie, não adianta procurá-la. Entre nós está tudo acabado. Milena virá para Praga dentro de algumas semanas e viveremos juntos.

Só que Milena, normalmente tão destemida, não encontra forças para se separar de Ernst Polak. Este parece farejar o perigo e volta a dar mais atenção à mulher. Franz ainda a espera em Praga, crente que mais dia, menos dia, ela virá ao seu encontro.

O tempo passa e só chegam cartas. As dele, perdendo a força que aqueles dias em Viena haviam injetado em seu espírito.

Nesse ínterim, Ottla se casa com Josef David e Milena, depois de procurar uma antiga amiga de escola para expor suas dúvidas, escreve para Franz dizendo que Ernst está doente e ela não pode viajar, mas pede-lhe que vá encontrá-la em Viena, pois precisa desesperadamente estar a seu lado para poder decidir o que fazer. Franz não tem como tirar mais férias ou licença do trabalho, ao qual acabara de retornar.

Na verdade, o modo como ele descreve a si próprio, as confissões nas quais nada esconde sobre suas fraquezas, medos e angústias, certamente pesaram, até mesmo para aquela moça acostumada a seguir os próprios caminhos.

Abatido, se abre com Max:

— Será que cantei forte demais minha alegria? Ela é extremamente carinhosa, corajosa e inteligente. Que tipo de homem será Ernst, que consegue despertar os sentimentos de autossacrifício de uma mulher como Milena?

— Calma, Franz! Não é fácil para Milena deixar o marido.

— Mas eles vivem tão mal! Há muito tempo que já estão separados de fato. Só faltaria um pequeno esforço para romper o laço de vez.

— Ainda assim, não é fácil.

— Eu rompi com Felice, que já se casou e tem um filho. Agora rompi com Julie. Você acha que foi fácil para mim? Acho que os homens sofrem talvez até mais...

— Ainda não está terminado, Franz. Talvez ela só precise de algum tempo para se decidir.

— Não tente me iludir, Max. A culpa é minha, como sempre. Se eu tivesse conseguido convencê-la totalmente, se eu tivesse sabido fazê-la me amar como eu a amo, ela já estaria aqui em Praga, ao meu lado. Entreguei-me de tal forma a esse amor, que outro dia mesmo enviei a ela a carta que escrevi ao meu pai, onde abro completamente a alma. Veja o quanto a amo. Nem mesmo a você mostrei os dizeres do meu longo desabafo.

A saúde de Franz piora, certamente em razão do desespero por não conseguir convencer a amada a juntar-se a ele. Os ataques de tosse passam a ser mais longos e frequentes e ele está abatidíssimo. Brod decide escrever para Milena, expondo-lhe a situação. Talvez a boa vontade do amigo tenha sido, de modo não intencional, decisiva para convencer Milena a não se unir a Franz. Até aquele momento ela não sabia da real gravidade da doença que o acometia, sempre mascarada nas cartas como uma coisa pequena, sem maior importância.

A correspondência prossegue cheia de dúvidas e mágoa nas entrelinhas. Até que no início de agosto de 1920, apenas seis semanas após os dias maravilhosos que passaram juntos, decidem se encontrar numa cidadezinha austríaca. Mas a hesitação de Milena em se juntar ao amante já fizera o estrago necessário. Durante o encontro, brigam e se acusam mutuamente.

Assim, termina o grande romance da vida de Franz Kafka, talvez o único que tivesse podido sobreviver, em razão da paixão de ambos pela literatura.

A ligação espiritual, no entanto, persiste para sempre. É para Milena que entregou a *Carta ao pai*, o pungente lamento que Franz não mostrou a mais ninguém. É a ela que entregará seus Diários e o manuscrito de *Amerika*, mesmo após o rompimento. E é Milena quem escreverá a mais tocante despedida quando da morte de Kafka, poucos anos mais tarde.

37. O mal se agrava

O estado de saúde de Franz piora ainda mais. O cansaço, os ataques de tosse, as perdas de fôlego, a fraqueza intensa e o barulho, o terrível barulho que incomoda os ouvidos dos tuberculosos, fazem com que desanime de viver. Ele, que desde a juventude fora um bom esportista, não mais pode levar a vida de que sempre gostou, remando, nadando, fazendo longas caminhadas.

A doença imaginária que pairava sobre sua cabeça torna-se real.

Novamente tem de largar o trabalho e partir para um sanatório. Na véspera, expõe aos amigos a sua teoria sobre o mal de que padece:

— A doença física é um transbordamento da doença espiritual. Foi a cabeça que, em seu desespero, botou para fora a doença pulmonar.

Eles tentam animá-lo:

— Você vai ver como voltará restabelecido do sanatório.

— É verdade, Franz, acredite. Você vai ficar bom.

— Ah, meus amigos, obrigado por procurarem me encorajar, mas perdi a esperança. Quando vejo um grupo de mocinhas caminhando alegremente no parque, tenho suficiente imaginação para compartilhar de sua felicidade, suficiente discernimento para saber que estou fraco demais para ter tal alegria, tolo o bastante para acreditar que enxergo até o fundo a situação delas e a minha.

— O médico não tinha dito que a doença regrediu bastante?

— Além de detestar médicos e não acreditar neles, o futuro já está em mim. Se alguma coisa precisa mudar são esses ferimentos da alma, ainda escondidos, que são chamados a se mostrar. Com tantos prazeres que a vida oferece a um homem saudável, me tornei um doente para não me desviar do meu eu profundo. Fui me destruindo no correr dos anos; a culpa é só minha.

Franz, que estava havia quase dois anos sem escrever, convenceu-se de que *Um Médico Rural* seria a sua última obra. O romance frustrado com Milena e a precariedade da saúde o levaram a procurar uma clínica. Durante os quatro meses de internação volta a escrever com regularidade.

O sanatório no qual passa o final de 1920 fica perto da Hungria, e lá se fala o alemão, o tcheco e o húngaro. Na verdade, nada mais é do que uma pensão familiar, onde as pessoas convivem numa grande sala de estar e acabam fazendo amizade. O médico local insiste para que Franz se alimente bem.

— Dr. Kafka, o senhor deverá tomar cinco copos de leite e dois de creme entre as refeições. E também comer carne e peixe. Recomendo sardinhas.

— Dr. Strelinger, sinto dizer que isso será impossível. Sou vegetariano.

— Prezado senhor, é melhor comer as sardinhas do que ser comido por elas.

Assim, a contragosto, o paciente viu-se obrigado a seguir as prescrições.

Pela primeira vez, Franz tem de encarar seus padecimentos não como manifestação dos conflitos interiores, mas sim como uma dura realidade. No sanatório quase todos os pacientes são casos já avançados de tuberculose e seguem uma rotina imutável: boa alimentação, muito descanso, medir a febre várias vezes ao dia. A vida gira em torno da doença. Diante desse quadro, ele se preocupa com o fato de poder contaminar sua família, especialmente Ottla, que está grávida do primeiro filho.

No mês de fevereiro de 1921, chega ao sanatório um moço vindo de Budapeste. Chama-se Robert Klopstock, e os internos ficam sabendo que ele é órfão, judeu, e que largou a Faculdade de Medicina em virtude de ter ficado doente.

Kafka logo constata que se trata de um jovem muito inteligente, apaixonado por literatura. Movidos pelos mesmos gostos, fatalmente se aproximam e se tornam grandes amigos. Ambos têm em sua história um amor impossível por mulheres casadas: Franz por Milena e Robert, por uma prima.

Robert confidencia ao amigo, a quem toma como mentor, que quer se tornar escritor. Mas Franz, notando a falta de talento para a escrita, com muito tato lhe diz que deverá escolher entre ser um ótimo médico ou um mau escritor. E pede aos seus amigos de Praga e Berlim que arranjem uma vaga numa faculdade de medicina a fim de que o rapaz retome os estudos quando tiver alta.

Essa amizade estaria destinada a prosseguir pelo resto da vida de Kafka. Robert é-lhe extremamente dedicado no sanatório e cuida dele durante as crises de bronquite, furunculose e infecção intestinal, cada vez mais severas em virtude da queda de resistência.

Com a chegada da primavera, sua disposição parece mudar também. Ottla teve uma menina e Franz quer conhecer a sobrinha. À medida que os meses avançam, ele se sente bem melhor e com a concordância do Dr. Strelinger, volta para Praga. Em agosto, reassume seu posto no Instituto.

Hospedado na casa dos pais, retoma os seus diários, que estavam esquecidos havia nove meses. Confessa a seu novo amigo:

— Robert, faz algum tempo que comecei a escrever para me curar do que chamam de nervos. E a escrita só tem me trazido aborrecimentos, mas também as mais sublimes alegrias. Preciso voltar a escrever.

É o que faz. No inverno de 1922, inicia o romance *O castelo* e prossegue durante toda a primavera e o verão. Escreve várias novelas, dentre as quais *Um artista da fome*. Retoma a correspondência com Milena, discutindo sobretudo assuntos literários e seus autores prediletos, como Flaubert, Tchekhov e Goethe.

Mas a enfermidade não lhe dá trégua. As licenças no trabalho para tratamento de saúde, que começaram em 1918, se tornam cada vez mais frequentes e a produção literária volta a cair. Franz está enfermo e desconsolado. Decide que é chegada a hora de pedir a aposentadoria. No Instituto, ele continua a ser sempre benquisto, respeitado e competente. Seus superiores sempre se mostraram dispostos em conservá-lo nos quadros funcionais, inclusive dando-lhe várias promoções e concedendo todas as licenças e prorrogações. Mas agora nada mais resta a fazer senão concordar com o pedido. Em 30 de junho de 1922 ele se aposenta, ganhando uma boa pensão mensal.

Resolvido esse problema que lhe causava mal-estar por saber estar faltando demais ao trabalho, vai passar algum tempo com Ottla, seu marido Josef e a filhinha do casal, numa casa que alugaram para o verão em Planá, uma bela cidade ribeirinha. O lugar é deslumbrante e a família lhe reservou o melhor quarto da casa. Cercado de florestas, rios e jardins e de todo o conforto, ele trabalha o seu romance *O castelo*. Mas, como acontece seja onde for, o silêncio não é total. Os ruídos do dia-a-dia o torturam, apesar de fechar os ouvidos com tampões.

Em meados de julho, chega uma carta de Julie Kafka avisando que Hermann está doente e será operado de uma hérnia. Assim que sabe da notícia, Franz parte para Praga onde encontra a mãe desesperada de preocupação e cansaço.

Hermann é um doente difícil. Ele se queixa de dor o tempo todo, fica impaciente e faz de tudo para concentrar a atenção da família no seu "insuportável sofrimento". A chegada do filho não melhora as coisas:

— O que você veio fazer aqui? Me ver sofrer?

— Pai, eu vim ver como você está.

— Pois bem, agora já viu o que queria. Ai, que dor, ai, como sofro! Julie, faça alguma coisa, chame o médico. Estou morrendo. Ai, ai, ai, eu não aguento mais todo esse sofrimento. O que foi que fiz para merecer tanta dor?

Nessas horas, a única coisa que o acalma é a presença de Julie que, sempre paciente, senta-se a seu lado e lhe segura a mão até que pegue no sono.

Franz sai do quarto e aguarda a mãe do lado de fora. Quando finalmente ela aparece, ele se queixa da forma com que foi recebido.

— Mamãe, eu pensei que minha visita alegraria o meu pai, mas vejo que estava errado.

— Querido, seu pai está com muitas dores, tente entendê-lo.

— Entendê-lo? É o que venho tentando fazer a vida toda. Acho melhor voltar para Planá.

— Não leve as coisas para esse lado, meu filho. Tenho certeza de que ele ficou feliz em ver você.

— Imagine! — um filho solteirão, aposentado numa idade em que ele trabalhava como um leão para subir na vida; que não tem herdeiros para transmitir o nome da família; que só escreve coisas estranhas, nada amoroso, tuberculoso por culpa própria ao cismar de morar naquele quarto úmido no Palácio Schönborn, como papai sempre me lançou em rosto... Sim, ele deve estar mesmo muito feliz em me ver. E eu lhe dou toda a razão.

Com isso, volta à casa de verão em Planá, mas antes submetendo a Brod o que já escrevera de O castelo.

Em agosto, retorna mais uma vez à Praga para ver os pais. A visita o entristece: Hermann continua sofrendo e desta vez não parece exagero.

Julie é de uma dedicação total, mas está visivelmente esgotada, o que deixa o filho apreensivo. Além disso, Franz se preocupa com Max: fica sabendo pelo amigo que este vive um caso extraconjugal bastante enrolado com uma mocinha em Berlim, aspirante a atriz, uma certa Emmy Salvater por quem Brod se julga apaixonado.

Voltou para Planá deprimido. Para completar, o verão chegava ao fim e Ottla teria de retornar a Praga com a família. Se quisesse, Franz poderia ficar na casa, cuja proprietária providenciaria as refeições, mas, apavorado com a perspectiva da solidão, ele volta para a casa dos pais em 18 de setembro. Cada vez mais doente, apesar da vida saudável que levou em Planá, abandona para sempre seu romance O *castelo*. Está tão indisposto, que fica acamado de novembro até o final do ano e os primeiros meses de 1923.

38. Um pedido impossível de atender

A obra de Kafka vinha crescendo, apesar dos períodos inférteis. Mas ele é pouco publicado. Aos 39 anos, mantinha-se praticamente inédito. Desanimado, teve uma séria conversa com Brod:

— Max, você é o meu melhor amigo. Você me acompanha há anos e sabe o quanto sofro para escrever. Mas a pior desgraça é quando não consigo produzir, quando meu corpo inteiro me põe de guarda a cada palavra; cada palavra, antes que eu a escreva, começa a olhar para todos os lados à sua volta; as frases literalmente se quebram sob minha pena, vejo o que há ali dentro e imediatamente sou obrigado a parar.

— O trabalho de um escritor não é constante, Franz. Quantas e quantas vezes não nos deparamos com a total falta de idéias.

— Não você, meu amigo. Você é um escritor prolífico.

— Mas não escrevo apenas romances. Em períodos mais estéreis, escrevo ensaios, artigos para jornais, revejo os escritos para futura publicação.

— Eu não consigo ser editado, Max.

— Consegue sim, ora. Você já tem livros editados e boas críticas. Só não publica mais porque não quer. Eu mesmo o apresentei a mais de um editor. Você pôs tantos obstáculos, que acabou não publicando.

— E sou grato a você, mas sei que sou difícil nesse ponto. Fico inseguro, quero eu mesmo fazer modificações. Não admito, de forma alguma, que pretendam mexer no que escrevo.

— O que você precisa é se tornar um pouco mais acessível, transigir um mínimo, só isso.

— Na verdade, quando releio meus textos, não acho que sejam particularmente importantes e nem que devam ser jogados no lixo. Meu julgamento oscila entre os dois polos.

— Você é exageradamente crítico em relação à sua literatura. E a si próprio também. Aliás, acho que os dois se confundem, você e sua obra.

Franz torna-se mais grave:

— Max, quero lhe pedir um favor especial: quando eu morrer, você fica incumbido de destruir tudo o que já escrevi. Ou, pelo menos, toda a minha correspondência, meus diários, os inéditos e alguns contos que eu mesmo selecionarei para que sejam eliminados. Vou deixar por escrito esta determinação e quero que você seja o testamenteiro.

— Mas nem pensar! Esqueça essa loucura. Mesmo que você deixe um pedido como esses por escrito, em testamento, saiba que não vou cumpri-lo jamais. Seria um verdadeiro crime e não serei eu a cometê-lo.

39. Num balneário às margens do Báltico

Apesar de Franz não ter recebido uma educação religiosa profunda, como mais de uma vez cobrou do pai, o judaísmo deixou marcas na sua obra. As lendas aterrorizantes do Golem — um homem de barro que ganhava vida pelas mãos de um rabino — e tantas outras do folclore judaico, contadas pelas empregadas e governantas que cuidavam dele e das irmãs enquanto os pais trabalhavam na loja, encontraram terreno fértil no espírito sensível.

As ondas de antissemitismo em Praga não atingiram diretamente os Kafka, que ora eram tidos como tchecos, ora como comerciantes de língua alemã, bem distanciados do gueto. Mas a repercussão dos ataques, a depredação das lojas dos judeus e as acusações de assassinatos e outras perversidades que recaíam sobre aquele povo, certamente deixaram marcas no escritor e na sua obra. Ele sentia um vazio, a falta de uma crença na qual pudesse encontrar apoio para as dificuldades da vida.

A amizade que fizera no passado com Isaac Löwe foi fundamental para que passasse a se interessar pelas tradições judaicas. A curiosidade pelo judaísmo foi crescendo no decorrer da vida. Aprendeu iídiche e hebraico e, apesar de declarar-se não sionista, começou a acalentar a ideia de um dia ir para a Palestina. Esse interesse acabou por levá-lo a conhecer, pela última vez, o amor.

Depois de sua fase fértil na escrita em 1922 e a doença que o deixou improdutivo e acamado quase todo o inverno daquele ano e a primavera de 1923, Franz decide, na primeira semana de julho, passar umas férias com sua irmã Elli e os sobrinhos na cidade de Müritz, um balneário no Mar Báltico.

Logo nos primeiros dias, o ar marinho faz com que se sinta bem melhor e mais disposto. Já se iam dez anos desde a última vez que vira o mar, e este lhe pareceu mais belo do que nunca.

Do terraço de seu quarto nota a movimentação de um acampamento nas proximidades. Fica sabendo que se trata de uma colônia de férias para crianças judias, a maioria delas refugiadas dos países do leste. Órfãs ou expulsas de suas cidades, sem lar e famintas, essas crianças foram parar em cortiços no gueto judeu de Berlim. Uma organização formada durante a guerra, o Lar dos Judeus, as recolheu, cuidou, alimentou, exclusivamente com trabalho voluntário. O acampamento de férias segue a mesma política: os pequenos são cuidados por jovens voluntárias, que lhes ensinam as tradições, música e histórias de seu povo.

Franz se encanta com o projeto: as crianças são saudáveis e falam hebraico. As moças se encarregam de tudo, desde a alimentação, limpeza, brincadeiras, canto, teatro. Logo ele faz amizade com o diretor e os professores da colônia, onde se sente à vontade e quase feliz.

Durante uma apresentação teatral dos acampantes, sua atenção se volta para uma das voluntárias.

Ela é muito jovem, pouco mais que uma criança, se chama Tile e comenta com os colegas:

— Vocês viram como o Dr. Kafka é maravilhoso? Ele me convidou a ir até a sua cadeira de praia amanhã, para conversarmos um pouco mais.

E no dia seguinte:

— Estou apaixonada por aquele homem! O jeito que me olha, as coisas que ele me diz...

— Cuidado, Tile — alertam as amigas — Você é criança ainda, não vê maldade em nada.

— Maldade? Franz seria incapaz de alguma maldade.

— Ah, não é mais Dr. Kafka? Agora já é Franz?

Todas caem na risada, mas Tile não desiste:

— Vocês estão com inveja, confessem. E querem saber mais? Ele me convidou para ir jantar na sua casa.

Num outro grupo de voluntárias, que cuidam da cozinha e do refeitório, também há confidências por parte da encarregada:

— Ontem vi na praia um casal e seus dois filhos. O homem me chamou a atenção. É bonito, alto, tem olhos escuros e penetrantes. Ah, como gostaria de conhecê-lo!

— De que adianta conhecer, se ele é casado?

— E daí? Não posso pelo menos achá-lo interessante?

Nos próximos dias, continua a conversa na cozinha:

— Vi o homem novamente.

— Aonde? — quiseram saber.

— Na cidade. Até o segui por um tempo.

— Estava sozinho?

— Não. Sempre com a mulher e os filhos. Num determinado momento, nossos olhares se cruzaram. Não sei nem descrever o que senti.

— Será que é tão bonito assim!? — perguntaram as amigas, enquanto descascavam batatas e lavavam verduras para o almoço das crianças.

— É e não é. Alguma coisa nele, no porte, no jeito de olhar por baixo daqueles cílios tão negros...

— Como se chama esse estranho que roubou o coração de nossa chefe?

— Não sei. Não importa. Só quero poder vê-lo todos os dias, nem que seja a distância.

Na roda das voluntárias mais novas, Tile prossegue com suas novidades:

— Fui jantar com ele. Está aqui no balneário em férias, com a irmã e os sobrinhos, uma menina e um garoto, todos simpáticos. Franz conversou muito comigo, perguntou tudo sobre a minha vida. Acho que ele está bem interessado. Me disse coisas lindas, sedutoras.

— Quantos anos tem seu namorado?

— Quarenta.

— O quê? Quarenta? Você está brincando conosco.

— Não. Ele não tentou me enganar. Contou que tem quarenta anos.

— Então é um velho! Podia ser nosso pai — e caíram num riso desenfreado.

Tile fechou a cara:

— Vocês não diriam isso se o conhecessem. Bem diferente desses mocinhos tontos que vocês estão acostumadas. E ele tem um jeito bem jovem, nem parece a idade que tem.

Não se passam muitos dias e o diretor da colônia chama as voluntárias da cozinha e sua chefe, Dora.

— Meninas, hoje à noite temos visita para o jantar. Quero tudo em absoluta ordem e caprichado. As mesas bem arrumadas, a comida bem gostosa.

— Quem vem? — perguntam as moças, curiosas.

— O Dr. Franz Kafka. Ele é uma personalidade, um escritor de Praga. Temos de impressioná-lo bem.

CAPÍTULO VII

1923-1924 – Dora, o amor que liberta

Dora Diamant, companheira de Kafka em seus últimos anos

Última fotografia (foto de passaporte), Berlim, 1923/24

Estátua em homenagem a Kafka, Praga

40. Dora Diamant

— Eu estava tão atarefada na cozinha, abrindo a barriga dos peixes e tirando as entranhas, tudo para o jantar do convidado daquela noite. Quando finalmente pude levantar os olhos de meus afazeres, vi que tinha alguém lá fora, na frente da janela. Estava escurecendo, mas o reconheci: era o homem da praia.

— E depois, o que aconteceu, Dora? — as amigas queriam saber cada detalhe do encontro:

— Ele falou numa voz muito suave: "Mãos tão bonitas fazendo um trabalho tão sangrento".

Foi o quanto bastou para Dora se apaixonar. Ela estava com vinte e cinco anos, ainda que também parecesse menos, era atraente sem ser bonita, mais para baixa e tinha tendência a engordar. Nascera na Polônia em 1898, numa família judeu-ortodoxa extremamente religiosa e conservadora, a mais velha de seis filhos. Quando a mãe morreu de parto, ela, pouco mais que uma criança, ficou encarregada de cuidar dos irmãozinhos e da casa, além de seguir um estrito comportamento religioso imposto pelo pai. À medida que crescia, começou a se rebelar contra o destino que a aguardava: casar, ter filhos, acender as velas na sexta-feira, recitar preces, não estudar mais do que a religião permitia para uma mulher, observar os ritos judaicos. Ela queria mais do que isso e, sem que ninguém da família soubesse, juntou-se a um grupo de teatro judeu, atuando com talento em algumas peças. Depois de muitos atritos e brigas, o pai, que acabara de se casar de novo, decidiu enviar a filha rebelde para uma escola em outra cidade, para que se tornasse professora e no futuro viesse a ensinar em algum estabelecimento de orientação ortodoxa. Dora, sempre voluntariosa, fugiu uma primeira vez e depois uma segunda, não se submetendo à vontade paterna. Em 1920, aos 22 anos, ela se mudou para Berlim e foi viver sozinha. Não tão culta quanto Milena, mas igualmente forte e determinada, arrumou emprego como governanta na casa de um judeu ultraconservador, alto funcionário do governo da Prússia. Mais tarde, foi morar num orfanato, onde trabalhava como costureira. Tinha um namorado, estudante de jardinagem, e planejavam ir um dia para a Palestina cultivar uvas e fazer vinho. Já não era o primeiro verão que ia como voluntária no acampamento de férias. Desta vez, porém, todos os planos do passado foram eclipsados ao conhecer aquele homem elegante e refinado, de olhar meigo e voz profunda. Conhecedora profunda do hebraico, leu para ele algumas passagens bíblicas que o encantaram, como também histórias do folclore, expressões e ditados iídiche do tempo de suas avós que ela relatava com muita graça.

A paixão foi recíproca. Os dois passaram a se ver diariamente. Passeando pelos bosques ou andando na areia da praia, desfrutavam a felicidade calma que o amor proporciona. Sentados em espreguiçadeiras protegidas por toldos, olhavam o mar enquanto confidências brotavam espontâneas:

— Meu pai queria me impor um modo de vida que acho absurdo. Os ortodoxos vivem no passado. Usam uma longa barba, cachos dos dois lados do rosto, casacão preto até o pé e um chapéu preto de aba larga. A seita a que a nossa família pertence é contra o modo de vestir do ocidente. Os dias são medidos pelas horas de orar e o ano, pelos feriados religiosos. Não é assim que quero viver. Por isso, me mudei para Berlim.

— Você conquistou o que quis. É um feito que admiro e que ainda não consegui.

— Não pense que foi fácil, Franz. Eu quero bem e respeito meu pai, mas dei bastante tempo da minha vida para ajudar a criar meus irmãos. Depois que ele se casou de novo, eu me senti livre; até mesmo para fugir da escola duas vezes e viver minha própria vida.

— Pois eu ainda estou tentando. Meu pai sempre criticou tudo o que fiz e faço; sei que ele gosta de mim, mas sou uma fonte constante de desapontamento e irritação.

— Minhas relações com meu pai no tempo que eu morava em casa também não eram muito melhores.

— Sabe, Dora, quando eu era pequeno fui derrotado pelo meu pai e, por causa da ambição, nunca consegui abandonar o terreno de batalha, apesar da derrota constante que sofro depois de todos estes anos.

Na verdade, muito mais nova do que Franz, Dora teve a coragem de fazer o que ele ambicionava: romper os elos com o pai dominador e viver a sua própria vida.

Com apenas alguns dias de amizade, os dois já planejavam o futuro.

— Dora, um casal de amigos meus, o Hugo Bergmann e a Elsie, me convidaram para ir à Palestina. Ele é professor na Universidade. Eles acham que o tempo quente e seco de Jerusalém será ótimo para a minha saúde.

— Sempre foi meu sonho um dia morar lá.

— Bem, acontece que aceitei. Pretendo fazer a viagem em outubro. Por que não vamos juntos? Tenho certeza de que você vai gostar deles.

— Isto seria maravilhoso!

E os dois não se cansavam de falar deste futuro tão sonhado.

Quando o verão já estava quase para terminar, Franz confidenciou à amiga:

— Estas férias foram divinas, querida Dora. A ideia de retornar para Praga me apavora.

Após pensar um pouco, ela arriscou:

— Franz, por que você não vem para Berlim como uma primeira escala antes de irmos à Palestina?

— Ah, se isso fosse possível! Há dez anos que tenho a pretensão de mudar para Berlim e nunca consegui.

— Mas agora é diferente. Eu procurarei um lugar barato e bem agradável para você, cuidarei de tudo. Já estou inscrita na Academia de Estudos Hebraicos e poderíamos frequentar juntos.

O entusiasmo de Dora não deixava lugar para recusa. Era esta a oportunidade que Franz esperara por tanto tempo.

41. Expectativas frustradas

Em 6 de agosto, Franz vai embora enquanto Dora permanece mais um pouco por causa de suas obrigações no acampamento. Nos últimos dias de férias, ele sente a saúde piorar. Está constantemente exausto. Despede-se da amiga e vai para Berlim, com a ideia de ficar alguns dias por lá. Chega mesmo a mandar um cartão-postal para ela, mas a solidão, a doença e o eterno receio fazem com que retorne logo para Praga e vá para a casa dos pais.

A temperatura sobe, e as dores de cabeça, a insônia e os ataques de tosse pioram. Muito fraco e perdendo peso a olhos vistos, fica acamado, cercado pela atenção da família. Ele não conta nada a respeito de Dora e dos planos de morar em Berlim, nem mesmo para o amigo Max, ainda mais que seu estado de saúde afasta a possibilidade de concretização de suas esperanças.

Ottla, que tinha tido mais uma menina, alugou uma casa no campo e lá passava férias com as filhas. De volta a Praga para uma rápida visita, fica chocada com o aspecto do irmão e decide levá-lo com ela, certa de que o ar do campo vai fazer-lhe bem.

— Ottla, não posso ir com você.

— Não tem como dizer não, Franz. Você não está nada bem, meu irmão.

— Vou contar uma coisa, mas quero que fique só entre nós. Vou me mudar para Berlim, com a ajuda de uma moça maravilhosa que conheci num acampamento para crianças judias durante minha viagem ao balneário em Müritz. Este será o primeiro passo. Depois, pretendemos ir juntos para a Palestina.

— Isso tudo é ótimo, Franz. Finalmente você se decidiu a romper os laços que te prendem a Praga — responde Ottla, que transforma a confissão num argumento capaz de convencê-lo a viajar com ela. — Uma temporada no campo vai melhorar sua saúde. Aí, sim, você poderá realizar seus planos. Agora, quero saber tudo sobre essa moça.

Os irmãos, sempre cúmplices, conversam longamente e Franz enaltece as qualidades de Dora e a sorte que teve em encontrá-la. Acaba por concordar em passar alguns dias com Ottla, a fim de ganhar forças para a mudança.

Enquanto isso, Dora, de volta a Berlim, começa a procurar um apartamento e consegue encontrar justamente o que imaginara. É um quarto bem amplo, batido de sol, com sacada, cozinha e banheiro, lareira e fogão. Situado num subúrbio agradável e silencioso, tem muito verde ao redor. O preço também é bastante acessível. Certamente Franz vai gostar da escolha. Manda-lhe uma carta e fica esperando a resposta. Termina o mês de agosto; setembro já está em andamento e nenhuma notícia. Ela não sabe que ele está lutando para melhorar um pouco e assim, ter condições de encontrá-la.

Dora começa a perder as esperanças, se bem que numa carta mandada ainda de Praga, ele a autorizou a alugar o apartamento, enviando os aluguéis de agosto e setembro adiantadamente.

O verão vai embora e chega o outono. Dora manda cartas contando como Berlim está bonita nessa época do ano, toda enfeitada pelo colorido da folhagem nas árvores, as tardes ainda quentes e agradáveis. Ele responde, dizendo que a saúde não anda nada bem e que ficará no campo até o final de outubro, quando termina o contrato da casa alugada pelo cunhado. Dora discorda, escrevendo-lhe que o que ele realmente precisa é libertar-se da família e ir ter com ela o mais rápido possível.

Ambos se desesperam. Dora, achando que Franz afinal de contas não queria mesmo ir morar com ela. Franz achando que tudo não passara de um sonho impossível.

42. As garras da "mãezinha" finalmente soltam sua presa

Aproximava-se o ano novo judeu. Dora acalentava esperanças de passá-lo junto a Franz no apartamento que alugara em Berlim, mas o silêncio e a falta de cartas não são nada animadores. Ela sabia que entrando o inverno, dificilmente Franz poderia vir encontrá-la. Os principais feriados religiosos naquele ano caíam entre 10 e 20 de setembro.

Nesse período, de acordo com a crença de seu povo, as ações de cada um poderiam mudar o destino por meio do arrependimento, oração e caridade. Dora fez tudo o quanto estava ao seu alcance e ficou à espera de um milagre. Este finalmente chegou na forma de um telegrama, enviado numa sexta feira, 21 de setembro: Franz avisava que chegaria a Berlim no dia 24 e pedia a Dora que fosse esperá-lo na estação de trem.

Ele contara uma meia-verdade aos pais: que passaria alguns dias em Berlim, com o que evidentemente discordaram tendo em vista o estado de saúde do filho. Mas pela primeira vez na vida ele não se deixou vencer.

No domingo, véspera da viagem, fez as malas com muita dificuldade, cada vez mais cansado, indeciso e ansioso, e à noite pouco dormiu, chegando mesmo a rascunhar um telegrama ao proprietário do apartamento em Berlim solicitando o cancelamento do contrato de aluguel.

Mas a segunda-feira chegou e com ela, uma força renovada quanto à decisão de partir.

Hermann e Julie tentaram mais uma vez dissuadir o filho: a Alemanha atravessava uma fase de grandes incertezas — a inflação galopante causava falta de alimentos, empregos e bens. Violência e saques eram noticiados pelos jornais. Além do que, os dias já estavam mais frios. Por que não esperar a primavera para viajar? Até Josef Davi, marido de Ottla, se pôs ao lado dos sogros.

Franz foi mais forte. Despediu-se com carinho da família e partiu. Finalmente livrava-se da gaiola que o mantinha preso, do círculo apertado de Praga dentro do qual vivera toda a sua vida.

Em Berlim, Dora o aguardava. Os dois amantes foram logo para o seu pequeno apartamento, que era tudo o quanto ela descrevera: aconchegante, batido de sol, situado num local aprazível e distante das turbulências políticas pelas quais o país passava.

Franz não queria que na firma soubessem que estava de mudança, com medo de que lhe reduzissem os proventos; então, ficou combinado que Hermann receberia a aposentadoria e, em seguida, remeteria o dinheiro para o filho.

Quem se encontrava em Berlim nessa época era Max Brod, que fora tratar da apresentação de uma ópera de um compositor tcheco e, claro, também para ver sua amante, Emmy, que no momento trabalhava como camareira num hotel enquanto não chegava a oportunidade de fazer teatro. A situação familiar de Brod se complicava na proporção em que sua carreira ia de vento em popa. Muito bem-sucedido, Brod não tinha dificuldade para editar e vender seus livros. Mas sempre achou que Kafka era um escritor superior, o mais importante do seu tempo. E olhava o amigo com respeito de irmão mais novo, apesar de ter apenas um ano a menos. Sempre que estava diante de algum problema, era a ele que recorria. Combinaram um encontro num café:

— Franz, não sei o que fazer. Gosto de minha mulher, é claro, mas estou louco pela Emmy. E agora ela ameaça me largar.

— Realmente ela é encantadora, e não me parece que queira de verdade lhe deixar. Na visita que fiz a ela antes de ir para o balneário com a minha irmã Elli, pude constatar o quanto ela também está apaixonada. Não perdia oportunidade de falar em você.

— É por isso que pedi que nos encontrássemos hoje. A família da moça, que antes não se opunha ao nosso caso, agora quer que eu largue minha mulher. Além disso, sei que há um pretendente, um homem mais novo do que eu, ela mesma me contou. Quero o seu conselho sincero de como deverei agir.

— Justo para mim que você pergunta isso, Max? Eu, que nunca consegui manter uma relação duradoura a não ser por carta?

— É que você tem um conhecimento do mundo muito grande e sempre está correto ao identificar o núcleo de um problema. Sem falar na sua total honestidade em todos os assuntos.

Franz olha o amigo nos olhos:

— Honestamente, então?

— Como sempre.

Pensa um pouco, a testa franzida. De súbito, desanuvia o semblante e declara alegremente:

— Ora, é fácil. Leve Emmy para Praga. Ela pode ficar morando com vocês.

— Ficou louco? — Brod se surpreende.

— Pelo contrário. Você consegue imaginar uma situação mais confortável do que um *ménage à trois*? Além de ser a única solução honesta.

Nem mesmo Max ficou sabendo naquela ocasião que Franz se mudara em definitivo para Berlim e que estava morando com Dora. A união era mantida em segredo, pois os pais dela, tão religiosos, e os dele, não por motivos religiosos, mas sociais, certamente desaprovariam. Só mesmo Ottla compartilhava o segredo. Logo na primeira semana, ela recebe uma carta do irmão com a descrição do apartamento, das redondezas e de como ele está adorando tudo:

"Nos finais de tarde, nestes quentes finais de tarde, quando eu saio de casa, uma fragrância vem até mim dos velhos e exuberantes jardins, um perfume de tal delicadeza e força como nunca senti antes. E até agora, tudo o mais vem se mantendo de acordo. É difícil descrever com mais detalhe. A propósito, <u>você não gostaria de ver pessoalmente</u>?"

43. Um idílio

Apesar das muitas dificuldades, o casal está feliz. O dinheiro da aposentadoria demora um pouco a chegar em Berlim, e eles enfrentam problemas financeiros com a crise inflacionária vivida na Alemanha. O valor do marco, a moeda alemã, despencava e os preços das mercadorias eram alterados mais de uma vez no mesmo dia. Em setembro de 1923, quando Kafka foi se encontrar com Dora, eram precisos 4.000.000 de marcos para comprar uma bisnaga de pão e pelas ruas as pessoas carregavam, em carroças, montanhas de notas de quase nenhum valor.

Num cartão-postal enviado a Max, no qual relata a visita que Emmy fora lhe fazer, pela primeira vez Franz faz referência a Dora. Max logo quer saber mais e pede esclarecimentos. Só então fica sabendo que os dois estão vivendo juntos. No começo de outubro, Ottla, Max e Robert Klopstock são informados de sua decisão de ficar definitivamente em Berlim.

Brod, na primeira oportunidade, vai visitar o casal:

— Max, estou preocupadíssimo com a situação política e econômica daqui. O dinheiro desvaloriza da manhã para a tarde. A miséria está se espalhando por toda parte. Imagine você que tive de escrever para Ottla nos enviar manteiga. Não se encontra mais nada; a escassez de produtos e a falta de dinheiro vão nos levar, mais cedo ou mais tarde, a outra guerra. Impossível haver paz numa situação assim.

— Meu amigo, compartilho de todas as suas inquietações. Mas no momento o que me deixa mais preocupado é essa sua tosse constante.

— Ora, fique tranquilo, isso não é nada. Estou feliz como nunca. Dora é maravilhosa. E nosso apartamento aqui no subúrbio nos traz uma paz profunda. Veja esse céu azul e todo o verde que se descortina de nossa janela; dentro de nosso quarto temos frutas, flores, coalhada de leite de cabra e a manteiga que minha irmã nos mandou.

Dora, toda sorridente e carinhosa, completa:

— E de vez em quando vamos passear nos belos parques; uma vez ou outra, um teatro, quem sabe... quando o tempo melhorar.

— Vejo que vocês estão felizes, o que me deixa feliz também.

— Graças a Dora consegui me livrar dos meus demônios. Eu escapei por entre os dedos deles — ri gostosamente, o riso acabando num acesso de tosse, que não o impede de continuar: — A vinda a Berlim foi magnífica; os fantasmas me procuram, mas não me encontram; pelo menos, por enquanto.

— Não vão mais encontrá-lo, querido. Lembre-se que agora somos dois a enfrentá-los.

Max, Dora e Franz passam alguns dias ótimos, desfrutando a companhia uns dos outros. Max está encantado com a vida idílica do casal e constata como é grande o amor e a devoção que Dora dedica ao amigo. Para completar a felicidade, a inspiração, que parecia ter secado, retorna como fonte abençoada.

— Franz só respira nos dias em que escreve, Max. Imagine que ele é capaz de varar semanas produzindo. Essa fúria de escrever me deixa maravilhada.

— Realmente, é uma coisa fora do comum. E a qualidade dos textos é de tirar o fôlego. Ele, sem dúvida, revirou a literatura de pernas para cima. Seu jeito de escrever, tão enxuto, contundente, tenebroso e às vezes macabramente engraçado não tem precedentes. E corta como navalha afiada.

— Sabe que já posso dizer quando a inspiração está se aproximando? Franz começa a caminhar com passos pesados, senta-se à mesa durante as refeições. Mas noto que não presta atenção ao que está comendo, não se interessa por nada e fica muito abatido. O passo seguinte é fechar-se no quarto. Logo depois, começa o jorro de palavras, e ele só para quando tiver terminado, não interessa quantos dias e noites precise para isso.

— Dora, pode ter certeza de que estamos diante de um dos maiores escritores que o mundo já conheceu.

Nisso, Franz, que tinha ido até o quarto buscar o copo de leite, que ele não dispensa nunca, e retorna para a sala:

— O que vocês dois estão tramando pelas minhas costas?

— Estamos falando que você está cada dia mais se aproximando da perfeição.

44. Um ser humano como poucos

O que verdadeiramente encantava Dora, mais do que o escritor, era o homem. Um ser humano dotado das maiores e melhores qualidades, sempre preocupado com os demais, gentil, carinhoso, íntegro, honesto, de uma retidão de caráter como dificilmente se podia encontrar.

Numa tarde agradável, os dois passeavam num parque perto do apartamento, quando viram uma menininha aos prantos. Franz se aproximou e perguntou, num tom gentil:

— Por que você está chorando?

— Porque perdi a minha boneca.

Condoído pela dor que a menina demonstrava, logo resolveu a questão:

— Sua boneca não está perdida. Ela foi viajar.

A garota olhou para aquele desconhecido com olhar desconfiado.

— Como é que você sabe?

Ele prossegue:

— Ela me escreveu uma carta.

Entre um soluço e outro, a menina indaga:

— Posso ver?

Depois de remexer os bolsos, ele bate a mão na testa:

— Ah, que cabeça a minha! Esqueci em casa. Mas amanhã eu trago.

E Franz quis voltar para casa sem demora, a fim de escrever a carta da boneca fujona. Dedicou-se à tarefa com o mesmo empenho com que escrevia sua literatura.

No dia seguinte, voltaram ao parque. Lá estava a garotinha à espera. Como ela ainda não sabia ler, foi o próprio Franz quem leu, com ar compenetrado, a carta na qual a boneca dizia que estava cansada de viver tanto tempo com a mesma família e que queria mudar de ares, ou seja, afastar-se um pouco de uma certa menininha de quem ela gostava muito, mas de quem devia se separar. A carta terminava dizendo que a boneca escreveria todos os dias.

Naquela noite, Dora acordou e viu que Franz não estava na cama. Levantou-se e foi encontrá-lo escrevendo.

— Franz, está frio. Venha dormir.

Ele olhou para a amiga como se estivesse saindo de um transe. Em seguida, apontou a folha na qual escrevia:

— Primeiro tenho de acabar a próxima carta da boneca.

— Oh, querido — disse Dora rindo. — A carta é só para uma garotinha. Não precisa se dedicar deste jeito. Qualquer coisa que você for ler, ela vai acreditar.

— Não, Dora, não posso enganar a criança. Tenho de consolá-la, fazer com que aceite os fatos, e já que a mentira terá de se transformar numa realidade, que o seja por meio da verdade ficcional.

Dias depois, em conversa com Emmy, a amiga de Brod, que de tempos em tempos visitava o casal, Dora contou a história da boneca:

— Franz escreveu cada sentença com atenção às minúcias, com uma precisão cheia de humor, o que tornou a situação perfeitamente aceitável.

— E como você continuou a história, Franz? — Emmy perguntou, curiosa.

Com um sorriso tímido, ele contou:

— A boneca cresceu, foi para a escola, conheceu pessoas e lugares novos. Sempre afirmando seu amor à menina, atribuía à complexidade de sua nova vida, cheia de outras obrigações e interesses, o fato de, no momento, não poder voltar a viver com ela.

— Imagine, Emmy, que durante duas semanas Franz escreveu cartas diárias da boneca, e ficava cada vez mais preocupado com o final.

— Sim — interrompeu Franz —, pois eu tinha de criar ordem na vida da minha amiguinha, na qual a desordem se instalara com a perda da boneca.

— Bom, e como acabou, então? Estou curiosa, contem logo.

Franz anunciou com seriedade:

— A boneca se casou.

— Não! — exclamou Emmy. — Que lindo final! Como eu gostaria que o mesmo acontecesse comigo e o Max!

— E não ficou só nisso — atalhou Dora, sorridente e orgulhosa. — Houve a descrição do pretendente, um rapaz muito simpático, o noivado, os preparativos para o casamento no campo e a casa onde foi morar o jovem casal.

— Que maravilha! — aplaudia Emmy, emocionada. E como a menina recebeu a notícia?

Franz sorriu:

— É claro que a boneca, que já vinha preparando o espírito da menina, escreveu que, com o casamento, morando em outro país e tendo seus compromissos com a casa e o marido, elas não mais poderiam se ver. E a garotinha aceitou, muito feliz o destino de sua boneca.

Emmy afagou a mão do escritor.

— Oh, Franz, não é de admirar que Max considere você o melhor dos homens!

Esta era a ideia compartilhada por todos os amigos; Franz era uma criatura superior, um ser humano excepcional. Além de ser um ótimo companheiro, muito querido por aqueles com quem convivia.

Dora se divertia com seus comentários e brincadeiras. Entre eles, tudo virava um jogo, desde pôr os pratos na mesa até adivinhar o que conteria uma carta que acabara de chegar. Os dois viviam um idílio. Apesar da saúde frágil, ele se sentia cada vez melhor por dentro.

Mesmo a galopante inflação que os privava de tantas coisas não afetava a felicidade havia tão pouco tempo adquirida.

Os dias eram dedicados à escrita: de manhã acordavam às sete horas, Franz se arrumava com apuro e saía para um passeio levando consigo o caderno de notas, enquanto Dora ficava cuidando da casa. Na volta, ele fazia as compras no mercado e logo se tornou conhecido na vizinhança.

— Quando abrirmos nosso restaurante na Palestina, você vai ficar encarregado das compras e eu da cozinha — brincava Dora.

— Mas, querida, eu pretendo ser garçom.

— Garçom? — ela riu. — Está bem. Mas nada impedirá que você faça as compras de manhã cedo. Nosso restaurante só abrirá para o almoço.

Certo dia, chegando em casa, comentou:

— Dora, fico cada vez mais preocupado. Enquanto eu estava na fila das compras, o dono da mercearia subiu o preço das batatas. Deste jeito, não sei até quando o dinheiro da minha aposentadoria dará para nos sustentar.

— Não se preocupe, querido. Ainda estamos longe de passar necessidade.

— Mas o povo... Esta inflação está fazendo o povo sofrer. Vejo na rua pessoas infelizes nestes tempos terríveis.

Afora isso, ele se sentia alegre e brincalhão. Só quando se preparava para escrever, era tomado por uma profunda seriedade. Nesses momentos precisava de todo o silêncio do mundo, e Dora andava nas pontas dos pés para não incomodar.

Franz escrevia todos os dias. Era esse o seu sopro de vida, tão necessário quanto o ar que respirava, e sua companheira compreendia bem o quanto lhe era importante a escrita, quase uma religião. Ele estava vivendo finalmente a vida que sempre desejara.

À noite, raramente saíam. Liam um para outro: Dora em hebraico, Franz em alemão, de suas próprias obras ou de autores que amava e não se cansava de reler. Ambos eram bons leitores. Ela já tinha feito teatro e sabia interpretar o texto. Ele mostrava também muito talento, e com sua voz calma e melodiosa, costumava hipnotizar os amigos e plateias quando, em Praga, fazia leituras públicas de seus contos. Agora, liam somente um para o outro. Viviam tranquilos e felizes.

A situação econômica, no entanto, se complicava. Franz recebia em dinheiro tcheco, que rendia mais do que a moeda alemã, mas a hiperinflação acabou por alcançar o casal. A proprietária do apartamento pediu aumento de aluguel e, com isso, tiveram de se mudar.

No dia 15 de novembro de um outono frio e bonito, ele teve de se ausentar um dia inteiro enquanto Dora fazia a mudança para um apartamento que tinha encontrado nas cercanias.

Franz passou a ter outra atitude em relação aos pais: escrevia-lhes com constância, afirmando estar melhor de saúde e que gostaria muito de uma visita deles. Perguntava por todos, pelas irmãs, pelos sobrinhos. Queria saber se os filhos de Elli já estavam estudando hebraico e quando iam lhe escrever naquela língua. Ele, que sempre fora tão arisco e distante da vida familiar, parecia ter adquirido uma nova maturidade graças à vida feliz que levava com Dora.

A inflação, no entanto, corroía as finanças. Chegou um ponto em que o dinheiro da aposentadoria, mesmo em moeda tcheca, só dava para comprar comida. Nem mesmo ao jornal podiam se dar o luxo. Franz se mantinha informado lendo as manchetes dos que eram expostos para venda nas vitrines das lojas.

O inverno começou a cobrar seu preço. O casal não tinha meios para comprar carvão ou querosene e se agasalhava como podia.

Franz passou a acordar mais tarde e a sair pouco de casa. Ottla e o marido procuravam ajudar enviando manteiga, essencial para a saúde de Franz, e também objetos para a casa e roupa de cama. Hermann e Julie também mandaram roupas de uso pessoal.

Ele lhes escreve cheio de gratidão, e pela primeira vez faz referência à Dora, que apõe uma frase de agradecimento no final.

Dezembro de 1923 encontra Kafka cada vez mais fraco. Agora ele já não sai mais do apartamento. Tem febre e fica quase todo o tempo acamado. Até escrever uma carta é um esforço imenso, tudo se torna extremamente fatigante. A temperatura cada vez mais alta lhe causa calafrios e muita tosse. Dora chama o médico, que pede um preço exorbitante pela consulta, mas acaba reduzindo pela metade diante dos apelos da moça. Ainda assim, a quantia é excessiva. A ideia de doença apavora Franz: como vão fazer para enfrentar as despesas? Os dois passam a viver uma vida espartana. Para cortar gastos, não acendem mais o fogão e a parca ceia de Ano Novo é aquecida com tocos de velas que Dora guardava num jarro como se fossem preciosidades.

Na metade de janeiro a febre cede, mas logo vem outro problema: terão de se mudar novamente pelo motivo de sempre — aumento de aluguel.

Brod visita o casal e fica preocupadíssimo com a magreza e a tosse constante do amigo:

— Franz, acho que você deveria considerar a possibilidade de se internar num sanatório.

— Nem me fale nessa hipótese! Sanatórios são casas que literalmente tossem e tremem de febre dia e noite. Além do mais, para que eu haveria de me internar? Tive calor e boa alimentação durante quarenta anos e o resultado não me anima a continuar tentando.

— Então, por que você não passa uma temporada na casa de seus pais?

Franz gesticula, horrorizado:

— Eu já me sinto um parasita da minha família. Eles estão me dando a mais do que recebo de aposentadoria. Meu amigo, não precisa se preocupar. Tudo se resolverá, para o melhor ou para o pior.

Ele e Dora agradecem efusivamente o embrulho de alimentos que Brod trouxe. Depois que o amigo vai embora, Franz determina:

— Dora, quero que você faça um bolo com tudo o que Max trouxe.

— Que ótimo, querido! Vai lhe fazer bem comer um bolo gostoso.

— Não é para mim que quero o bolo. Vamos dar para as crianças do orfanato onde você morou.

— Mas Franz, Max trouxe a comida para você! É preciso que você se fortaleça e...

— Não adianta tentar me convencer — ele interrompe. — Eu não poderia comer sabendo que há crianças passando fome. Elas precisam mais do que eu.

Apesar de toda a fraqueza, Franz consegue terminar *A toca*, e lê para Dora. Pelo enredo, ela compreende que a narrativa se refere à casa deles em Berlim, onde se sente protegido dos demônios que o assaltavam em Praga, junto à família.

No início de 1924, ele escreve para Robert Klopstock, contando no que se transformara a vida em Berlim: um amigo seu, pintor, foi obrigado a se tornar vendedor ambulante de livros, batendo de porta em porta de manhã até a noite, mesmo sob um frio terrível, e isso para ganhar três ou quatro marcos no fim do dia. Ele mesmo, Kafka, queria poder ganhar alguma coisa, mas quem pagaria salário a uma pessoa que ficava na cama até o meio-dia?

Os amigos e a família ajudavam como podiam. Klopstock, ainda cursando a faculdade de Medicina, mandava chocolates, apesar de não dispor de recursos. Vez ou outra chegava um livro, uma revista literária, um embrulho de roupas de frio.

Logo após a mudança para o novo apartamento, Franz e Dora recebem a visita do tio, Siegfrid Löwy. Médico experiente, ao ver o estado do sobrinho, ele é categórico:

— Franz, você precisa se internar num sanatório.

— Eu não quero, tio Siegfrid.

— Dora me disse que você está com esta febre desde dezembro. E essa tosse constante...

Kafka olha tristemente através da janela. Lá fora, a neve cai sem cessar. Como se falasse consigo próprio, murmura:

— Eu não quero deixar este apartamento. Tudo aqui é tão lindo... E quando chegar a primavera vou poder sentar no terraço para tomar sol, do que tanto gosto. E depois, me horroriza a ideia de que perderei a liberdade, mesmo nesses poucos meses quentes que são destinados à liberdade. É verdade que vem a tosse de manhã e à noite, por horas e horas — isso reforçaria a ideia do sanatório. Mas também vem o medo, por exemplo, da alimentação forçada que eles impingem aos pacientes.

— É justamente disto que você precisa. Alimentação saudável e tratamento adequado. Vamos, Franz, convenha que deste jeito você não pode ficar. Não é justo para com a Dora.

— Vou pensar, tio, vou pensar.

45. Amostra da felicidade eterna

No entanto, dia a dia a saúde de Franz se deteriora. Ele confessa a Robert Klopstock, que vai visitar o amigo em Berlim:

— Robert, estou tão mal que não consigo mais escrever. E isso me mata.

Dora, que está presente, procura animá-lo:

— Que nada, querido. Temos ainda vários planos pela frente. Sabe, Robert, que Franz e eu pretendemos ir morar na Palestina?

— Mas isso será ótimo, Franz! — Robert procura demonstrar alegria. — Além de ver um mundo diferente, o clima é excelente.

Franz balança a cabeça numa negativa:

— Dora ainda quer se deixar enganar, mas acho difícil poder realizar este sonho. Tenho lido quando não estou cansado demais. Li os livros religiosos, a Torá e o Talmude, além de ter ido algumas vezes a um curso de cultura hebraica. Cada vez mais o judaísmo — não a religião, mas a história — me atrai, muito por influência de Dora, que é entendedora profunda dos costumes e tradições.

— Então, meu bem — atalha a mulher —, conte a Robert como você pretende trabalhar a terra quando chegarmos à Palestina. Franz conhece horticultura e fala muito bem o hebraico. Ele quer saber tudo sobre a vida dos pioneiros de lá, pois em breve nos uniremos a eles.

Faz-se um silêncio incômodo, até que a conversa volta, nervosa e sem muito sentido, sobre temas banais. Os três sabem que não há mais tempo para sonhos.

Nas cartas para a família, Franz continua demonstrando afeto, num tom cada vez mais nostálgico. Pergunta-lhes em que sala estão sentados naquela noite, afirma o quanto foram bons para ele, tão centrado em si próprio. Pede que não telefonem porque é difícil se locomover até o aparelho.

Dora, preocupadíssima, chama um jovem especialista, considerado uma sumidade. Este receita ao paciente um ou outro remédio para acalmar a tosse e melhorar sintomas. Chama Dora de lado:

— Sinto muito ter de ser tão franco, mas o estado do Dr. Kafka é péssimo. Ele deve ser internado em um sanatório o mais depressa possível.

Dora volta para o lado do doente.

— Franz, o Dr. Nelken acha que devemos interná-lo.

— Em hipótese alguma, meu amor. Não vou me enterrar em vida. Espere primeiro eu morrer.

— Mas, Franz, é para o seu bem. Lá você vai receber tratamento adequado e recuperar a saúde.

— Querida Dora, nós dois sabemos que seria perda de tempo e dinheiro. Vamos viver esses últimos tempos que nos restam juntos e em paz. Nunca fui tão feliz em toda a minha vida quanto nestes últimos meses com você, aqui em Berlim.

Dora não consegue mais esconder o desespero:

— Oh, Franz, amado, não me deixe! Você não pode morrer. Quem sabe no sanatório...

— Querida, não diga mais nada. Apenas fique aqui ao meu lado enquanto tento dormir e sonhar com esse período de tanta beleza e paz. Se apenas tivéssemos uma vida inteira pela frente, hein, minha Dora? Iríamos para a Palestina e viveríamos no campo, felizes, junto à terra. Eu deixaria toda a lembrança do passado tenebroso para trás, para viver a calma que encontrei em seus braços amorosos. Mas não devo ser injusto: já tive uma amostra do que é a felicidade eterna e com isso, me dou por feliz.

46. Uma nova produção e a última obra

Em março, Franz recebe nova visita de Brod, que insiste em levá-lo para Praga. Robert Klopstock, que também fora para Berlim a fim de cuidar do amigo, é da mesma opinião. Ele e Dora os acompanham até a estação de trem.

— Max, sinto que esse retorno para a casa de meus pais, depois de um período maravilhoso de independência, será a minha derrota.

— Ora, Franz, é só para que você se trate melhor. Dora logo virá encontrá-lo.

— Então me prometa que enquanto ela não chegar, você virá me visitar todos os dias. Assim tentaremos manter os fantasmas afastados.

No terceiro dia após sua chegada, ele começa a ficar rouco e escreve o conto *Josefina, a cantora*, que fala da perda de voz.

Após uma temporada em casa, Kafka capitula e aceita a sugestão de ir para um sanatório na Áustria. Chega lá aterradoramente magro, praticamente um esqueleto, e sua voz não é mais do que um sussurro.

Assim que se interna, escreve para Klopstock relatando todo o tratamento a que está sendo submetido, e acrescenta que aparentemente a tuberculose alojou-se na laringe.

"Provavelmente a laringe é o principal problema. Não me dizem nada de definitivo, uma vez que, em se tratando de tuberculose de laringe, todos usam de uma envergonhada, evasiva, gélida maneira de falar. Mas eu tenho um ótimo quarto num país encantador."

Kafka manda *Josefina* para um jornal tcheco, A *Imprensa de Praga*, na esperança de que sua publicação ajude a fazer frente às despesas com a internação. E o conto é realmente publicado em 20 de abril de 1924, no suplemento literário daquele periódico. Dez dias antes, já confirmado o temido diagnóstico, ele é transferido para uma clínica pertencente à Universidade de Viena. Dora veio encontrá-lo e segue junto no despropositado carro aberto que enviaram para buscar o doente. A viagem até Viena leva quatro horas e ela usa o seu próprio corpo para, em vão, tentar proteger Franz do vento cortante e do frio, que nem mesmo os cobertores e a roupa quente que ela providenciara conseguem suavizar.

As acomodações na clínica são feias. Kafka divide o quarto, que mais parece uma cela, com dois outros pacientes tuberculosos, gravemente enfermos. Dora teme que o ambiente faça mal a Franz, que agora sofre de muitas dores e não consegue se alimentar. O ato de engolir é um sacrifício. Conforme abril avança, os dias se tornam mais ensolarados e ele tem uma vista bonita da janela, que é mantida sempre aberta. Isso o reanima e Dora sente-se mais feliz.

No entanto, a rígida rotina do hospital e o clima pesado que se formou quando um dos doentes com quem dividia o quarto veio a falecer, levaram o casal a se decidir por mais uma mudança, desta vez para um sanatório perto de Viena onde se prescrevia tratamento natural, ar fresco, sol e uma dieta vegetariana, bem ao gosto do paciente. Além disso, Klopstock ofereceu-se para ficar junto, e caso fosse preciso algum remédio da medicina ortodoxa, o amigo dedicado tomaria as providências. No novo sanatório, uma pequena e aconchegante clínica especializada em doenças pulmonares, ele se sente melhor ao poder tomar sol no terraço de seu quarto agradável e limpo.

Um dia, enquanto Dora lê para ele, é interrompida pela voz quase inaudível de Franz:

— Dora, querida, quer se casar comigo?

Pega desprevenida, ela olha espantada:

— Casar com você? Mas...

— Sim ou não — repete o sussurro.

— Claro que sim, querido!

Franz pede-lhe que arrume papel e caneta e escreve para o pai de Dora a fim de formalizar o pedido e solicitar seu consentimento.

Alguns dias depois, chega a resposta lacônica: Não.

Na verdade, o ultraortodoxo pai de Dora, ao receber a carta do homem doente e mais velho que vive com a sua filha, sem desejar tomar uma decisão sozinho, leva a carta para o rabino chefe da comunidade e pede que o oriente. A resposta é não.

Desapontados com a recusa paterna, mesmo assim pensam em levar o plano adiante, mas a saúde de Franz tem uma súbita piora.

Dora chama dois especialistas caríssimos, uma vez que a clínica não possui corpo médico tão qualificado. Ambos concordam quanto ao diagnóstico: a situação é irreversível. No dia 3 de maio, um dos especialistas, o Dr. Beck, visita o paciente pela segunda vez, a pedido de Dora.

— Doutor — diz a desolada Dora —, ele tem dores terríveis na garganta, não pode comer nada nem mesmo beber água. Quando ele tosse, então... — e seus olhos se enchem de lágrimas ao relatar o sofrimento do companheiro.

Depois de examinar o doente, Dr. Beck chama Dora de lado:

— Sinto lhe dizer que a situação se agravou. A tuberculose atacou parte da epiglote.

— Será que não há nada que o senhor possa fazer? Qualquer tratamento para aliviar as dores?

Pensando um pouco, o Dr. Beck responde:

— Nestes casos não se pode pensar em cirurgia. A única coisa que posso fazer é uma série de injeções de álcool diretamente na laringe.

— Ele vai sofrer muito com essas injeções?

— Sim, mas terá alívio em seguida. E devo dar-lhe um conselho: no seu lugar, eu levaria imediatamente o paciente para a casa dos pais dele em Praga. O Dr. Neumann e eu estimamos que lhe restem apenas uns três meses de vida, não mais.

— Não pode ser, doutor, não quero acreditar numa coisa dessas — Dora exclama.

— É a triste realidade, minha senhora. Desculpe-me a franqueza, no entanto aceite meu conselho. O melhor será levá-lo para a casa dos pais.

— Mas se eu fizer isso, ele saberá o quanto é sério o seu estado e vai deixar de lutar. Não, não quero que o meu Franz desista.

— Eu entendo e admiro sua atitude desvelada com relação ao Dr. Kafka, mas, acredite-me, nenhum especialista poderá ajudar a mudar o quadro. A única coisa que resta a fazer para atenuar a dor quando as injeções se mostrarem insuficientes, é dar-lhe morfina.

Ela e Robert Klopstock são incansáveis em tentar amenizar o sofrimento de Franz. Não querem sair de seu lado. Ele não consegue mais falar, então rabisca recados quando quer se comunicar com sua "pequena família", como chama Dora e Robert.

Nessa época chegam as provas do conto "*O artista da fome*", escrito dois anos antes, mas que ironicamente parece uma alegoria à sua condição atual. Ele rabisca num papel para Dora: "*E agora? Com que forças vou fazer as correções? Ponha a mão na minha testa por um instante para me dar coragem*".

E ainda por meio de bilhetinhos, diz para Dora como gostaria de se sentar e tomar uma cerveja com o pai.

47. O triste dia em que o mundo perdeu um gênio

No dia 2 de junho, Franz escreve a última carta aos pais. Procura soar otimista: "*... Pretendo passar alguns dias tranquilo com vocês, em algum lugar bonito. E tomaremos um copo de cerveja juntos. Lembro-me sempre de como no passado tomávamos cerveja juntos com frequência, no longínquo passado quando o Pai me levava com ele à piscina pública...*"

Às quatro horas da madrugada do dia 3 de junho de 1924, Dora notou que Franz respirava com dificuldade. Imediatamente, chamou Robert e um médico residente. Deram-lhe uma injeção de cânfora, que pouco ajudou. Mais tarde, à hora do almoço, o próprio Robert aplicou outra injeção e disse a Dora que fosse até o correio postar a carta que Franz escrevera aos pais. Ela relutou um pouco, mas Robert assegurou-lhe de que nada se modificaria por ora. Então, ajeitou melhor os travesseiros sob a cabeça do amado, certificou-se de que ele estava bem coberto e com um beijo na testa febril, disse-lhe que voltaria bem depressa. Segurando a carta na mão, da porta ainda lhe enviou um beijo, garantindo mais uma vez que não se demoraria. Ele a olhou com ternura e esboçou um débil sorriso.

Era isso que tinham combinado, Franz e Robert: quando a hora estivesse para chegar, este último daria um jeito de tirar Dora de perto para que ela não o visse morrer. Assim que se viram a sós, mal conseguindo murmurar, o doente pediu a Robert:

— Não me deixe!

— Não se preocupe, meu amigo. Não vou deixar você.

— Mas eu estou deixando vocês.

Agonizando, Franz confundiu Robert com sua irmã Elli.

— Afaste-se, Elli, para não ser contaminada.

Robert se afastou um pouco e pela última vez, a voz de Kafka soou:

— Sim, está bom assim.

Nesse momento, Dora entrou no quarto trazendo flores. Sem se dar conta do que estava acontecendo, pôs as flores perto do nariz de Franz, que se ergueu um pouco, aspirou o perfume e, no instante seguinte, partiu para sempre.

Ela deu um grito de dor. Abraçou-se a Franz, tentando reanimá-lo, esperando por um milagre. Não queria acreditar que o perdera. Até que chegaram dois enfermeiros e, a seu pedido, Robert afastou-a com todo o carinho. O corpo foi colocado na maca e os enfermeiros se foram, levando com eles o homem a quem tanto amou. Desconsolada, Dora repetia sem cessar:

— Tu que estás sozinho, absolutamente sozinho, e nós que não podemos fazer nada e ficamos aqui, e te deixaremos na câmara mortuária sozinho nas trevas, nu, oh, meu Franz, meu amado Franz.

Segunda-feira, 3 de junho de 1924. Morre Franz Kafka, um mês antes de completar quarenta e um anos.

Dora Diamant e Robert Klopstock não saíram de seu lado até o fim.

Max Brod também esteve a seu lado na hora última.

Robert Klopstock, inconsolável, toma a si a difícil tarefa de escrever uma carta aos pais de Franz comunicando o ocorrido e ressaltando a extrema e tocante dedicação da companheira do filho:

"... No dia seguinte à morte de Franz, ela ficou deitada, semiacordada e murmurando: Meu amado, meu amado, meu querido Franz."

E termina a carta dizendo:

"Só quem conhece Dora pode saber o que é o amor".

48. De volta a Praga

"... — Para onde cavalga, senhor?

— Não sei direito — eu disse —, só sei que é para fora daqui, fora daqui. Fora daqui sem parar: só assim posso alcançar meu objetivo.

— Conhece então o seu objetivo?

— Sim — respondi. Eu já disse: 'fora-daqui', é esse o meu objetivo..."

(Franz Kafka, A *Partida*)

Franz Kafka é finalmente devolvido a Praga. Foi enterrado no cemitério judeu da cidade de cujas garras só conseguiu se libertar por poucos meses.

O cortejo fúnebre, precedido pelo pai, Hermann, é acompanhado por uma centena de amigos acabrunhados. Dora Diamant é a mais desesperada de todos.

Quarta-feira, 11 de junho. Quatro da tarde. O relógio da prefeitura para seus ponteiros justamente nesse horário, como se para marcar a hora em que o corpo de Kafka desce à sepultura.

O céu fica nublado. Começa a chover.

&

49. Um adeus emocionado

6 de julho de 1924. Obituário publicado em um jornal praguense, o *Národní Listy*, assinado por Milena Jesenká:

"Anteontem, Franz Kafka, um escritor de língua alemã, nascido em Praga, faleceu no sanatório de Kierling, em Klosterneuburg, perto de Viena. Poucas pessoas o conheceram aqui em Praga, pois ele era um recluso, um homem sábio que tinha medo da vida. Vinha sofrendo há anos de problemas pulmonares e, apesar de estar se tratando, deliberadamente cultivava e encorajava a doença psicologicamente. 'Quando o coração e alma não aguentam mais o fardo, os pulmões assumem a metade dele, e assim a carga fica melhor distribuída', ele escreveu certa vez numa carta, e foi essa a atitude que tomou em relação à sua doença. Era envergonhado, tímido, gentil e bom, mas os livros que escrevia eram cruéis e dolorosos. Enxergava um mundo cheio de demônios que guerreavam os indefesos seres humanos e os perturbavam. Ele tinha visão, muito sábio para viver e muito fraco para lutar. Mas era a fraqueza dos seres bons e nobres que são incapazes de lutar contra o medo, desavenças, descortesias e desonestidade, que admitem sua fraqueza desde o início, submetem-se e, assim, envergonham o vencedor. Compreendia seus semelhantes de um modo que só é possível para aqueles que vivem sozinhos, cuja percepção é tão sutilmente afinada, que conseguem ler uma pessoa integralmente através de um fugaz jogo de expressão. Seu conhecimento do mundo era vasto e profundo. Ele em si era um vasto e profundo mundo. Escreveu os mais importantes livros da literatura contemporânea alemã. Eles incorporam, de uma forma isenta, a luta entre gerações no nosso tempo. São totalmente despidos de artifícios e, assim, parecem suficientemente naturalistas, mesmo quando expressam símbolos. Têm a ironia enxuta e uma visão de um homem que enxergava o mundo tão claramente, a ponto de não poder suportá-lo e ter de morrer, pois não desejava fazer concessões, esconder-se, como outros fazem, em ilusões racionalizadas, ainda que nobres.

O Dr. Franz Kafka escreveu *O foguista* (*um fragmento*) que constitui o primeiro capítulo de um belo romance, ainda inédito; *O Veredicto*, que trata dos conflitos entre gerações; *A Metamorfose*, que é o livro mais vigoroso da moderna literatura alemã; *Na Colônia Penal*; e os contos *Contemplação* e *Um Médico Rural*. O seu último romance, *O Processo*, estava terminado em manuscrito há anos, pronto para publicação; é um desses livros cujo impacto no leitor é tão esmagador, que qualquer comentário torna-se supérfluo. Todos os seus livros tratam de sentimentos de uma culpa infundada e o horror dos mal-entendidos misteriosos. Como homem e artista, era tão infinitamente escrupuloso que se mantinha alerta mesmo onde outros, os surdos, se sentiam seguros."

Epílogo

Hermann Kafka sobreviveu ao filho, vindo a falecer em 1931, aos 79 anos; Julie Kafka morre dois anos depois, aos 78 anos.

Felice Bauer, após o rompimento definitivo com Kafka, casou-se, teve filhos, e em 1936 partiu, com o marido, para os Estados Unidos.

Julie Wohryzek tem fim desconhecido. Existe a suposição de que tenha sido internada num hospital psiquiátrico.

Milena Jesenká se reconcilia com o pai e deixa o marido. Volta a viver em Praga e se dedica ao jornalismo. Casa-se novamente com um brilhante arquiteto, mas o casamento não dá certo. Com a invasão dos nazistas em 1939, ela se une à resistência e é presa pela Gestapo, sendo enviada a um campo de concentração. Morre em 1944, aos 47 anos.

Dora Diamant termina o curso de teatro que Franz tanto apoiara, casa-se e dá o nome de Franziska para a filha. Torna-se uma atriz de sucesso do teatro iídiche e escreve para um jornal também iídiche. Consegue sobreviver ao holocausto e mais tarde realiza o sonho que tivera com Kafka, visitando o recém-fundado estado de Israel.

Robert Klopstock emigra para os Estados Unidos da América onde se torna um médico respeitado, não só pela sua ciência, mas sobretudo pela sua humanidade.

Hugo Bergmann vai para a Palestina onde se torna professor de filosofia na universidade hebraica.

Gustav Janouch torna-se compositor de música ligeira, escreve um livro sobre *jazz* e outro sobre Praga entre as duas guerras.

Elli, Valli e suas respectivas famílias morrem em campos de concentração.

Ottla separa-se do marido, assim salvando-lhe a vida e também a das filhas, que esconde na casa de uma amiga. Ela própria tem um fim trágico quando, em 1942, espontaneamente acompanha um trem que leva crianças para um campo de concentração.

Otto Brod se torna herói nos campos de batalha da Primeira Guerra Mundial; escreve dois romances e uma biografia de Voltaire, que ficou inacabada por ter sido deportado pelos nazistas para Auschwitz, em 1942, com a esposa e a filha de 14 anos. A família foi morta na câmara de gás.

Max Brod vai para a Palestina em 1939. A ele se deve o fato de ter chegado até nós a obra de Franz Kafka.

Para ir além

A Praga do século XIX, com suas inúmeras igrejas, basílicas e claustros, era inegavelmente uma cidade cristã. Era também uma cidade judia, tendo um dos guetos mais antigos da Europa. Mas, acima de tudo, era uma cidade onde o longo domínio austríaco fez com que a língua alemã penetrasse em todos os níveis: administrativo, social, cultural, especialmente nas classes mais abastadas.

Em 1880, a população de língua alemã, metade da qual judia, chegava a 15% da população de Praga. A maioria tcheca reivindicava cada vez mais o direito de manter sua identidade nacional. Seu herói era Jan Huss, que em 1415 morreu na fogueira por este ideal.

Kafka, como membro de uma família que se alçou economicamente, apesar de nascido em Praga e conhecer muito bem o idioma tcheco, só escreveu em alemão. É considerado um dos maiores escritores da língua alemã e da literatura universal.

Publicado apenas um sexto de sua obra em vida, a maior parte foi mostrada ao mundo graças a Max Brod, seu grande amigo e testamenteiro.

Após a morte do escritor, Brod encontrou no meio de seus papéis, dois testamentos feitos entre os anos de 1920 e 1923. No primeiro, ele autoriza a destruição dos escritos ainda não publicados; já no segundo, estende o pedido para toda a obra impressa, com exceção de *Contemplação* e alguns artigos divulgados em revistas e jornais. Brod não só desrespeitou as disposições de última vontade, mesmo porque já tinha dito de viva voz ao autor que nunca atenderia tal pedido, como também dedicou-se a reunir e publicar tudo o quanto conseguiu encontrar — muito tinha-se perdido na Segunda Guerra Mundial, confiscado pelos nazistas, estes sim os verdadeiros testamenteiros da destruição.

Kafka está no Brasil

A obra de Franz Kafka só veio a ser conhecida no Brasil por intermédio do grande erudito e crítico literário austríaco, naturalizado brasileiro, Otto Maria Carpeaux.

Carpeaux, cujo sobrenome na verdade era Karpfen, filho de pai judeu e mãe católica, nasceu em Viena, em 9 de março de 1900. Naquela cidade tão cosmopolita e culta, fez seus estudos de Direito e Filosofia; em Leipzig, cursou Matemática; em Paris, Sociologia; em Nápoles, Literatura comparada e em Berlim, Política.

Como todo jovem culto de sua época, frequentou os meios intelectuais das várias cidades em que viveu, e com sua ampla formação acadêmica decidiu dedicar-se à literatura e ao jornalismo político. Tendo abraçado a fé católica, ainda assim foi obrigado a se exilar na Bélgica, pois tinha sido secretário e homem de confiança dos dois primeiros-ministros austríacos que antecederam o Reich.

À medida que avançava o nazismo, ele não se sentia seguro nem mesmo na Bélgica. Em 1939, decide vir para o Brasil com sua esposa. Durante a viagem de navio, chega a notícia de que a guerra estourara. Para demonstrar seu total repúdio, troca o sobrenome germânico Karpfen, para o nome francês Carpeaux.

Chega à nova terra sem falar a língua, sem amigos e sem conhecer nossa literatura. No entanto, para um erudito que dominava onze línguas não foi difícil aprender o português. Certa ocasião, enviou para um influente crítico literário uma carta sobre matéria publicada no jornal *Correio da Manhã*, do Rio de Janeiro, a respeito de Eça de Queiroz. O crítico, em resposta, pediu-lhe autorização para publicar a carta como artigo literário, e assim Carpeaux veio a conseguir emprego naquele jornal, de onde se tornou articulista. Foi, também, colaborador de revistas e suplementos literários.

Homem de imensa envergadura intelectual, vem a ser um de nossos mais notáveis críticos literários, além de divulgador de autores estrangeiros. Um deles é Franz Kafka, com quem teve um rápido contato pessoal, narrado em seu livro de ensaios *Reflexo e Realidade*. Foi em Berlim, no ano de 1921. Numa reunião da boêmia intelectual que sempre ocorria aos domingos, foi apresentado a um "rapaz franzino, magro, pálido, taciturno", cujo nome, dito em voz rouca, lhe soou como Kauka. Mais tarde perguntou para um amigo quem era aquele moço. O amigo respondeu:

"— É de Praga. Publicou uns contos que ninguém entende. Não tem importância".

Cerca de cinco anos mais tarde, quando Kafka já tinha morrido, Carpeaux foi à editora Die Brücke, em Berlim, para a qual fizera algumas traduções. Enquanto aguardava, uma pilha de livros amontoada a um canto com o nome de Kafka chamou sua atenção. Era o livro *O Processo*, que se pôs a folhear. Finalmente o editor o atendeu. Devia-lhe cento e trinta marcos pelas traduções, e disse sem maiores rodeios:

"— Pagar não posso, querido, mas se você quiser, pode levar, em vez de pagamento, esse exemplar e, se quiser, a tiragem toda. O Max Brod, que teima em considerar gênio um amigo dele, já falecido, me forçou a editar esse romance danado. Estamos falidos. Não vendi nem três exemplares. Se você quiser, pode levar a tiragem toda. Não vale nada".

Carpeaux, muito decepcionado, agradeceu mas levou só o exemplar que tinha em mãos. O resto da edição provavelmente foi vendida como papel velho. Dos poucos exemplares que restaram, um ficou pertencendo àquele austríaco, que anos mais tarde viria para o Brasil e se tornaria uma das figuras de proa de nossa crítica literária.

E o que aconteceu com aquele volume raríssimo, um dos únicos existentes no mundo, uma primeira edição que valeria hoje uma fortuna caso posto à venda? Pois foi doada por Otto Maria Carpeaux, juntamente com sua biblioteca composta de livros raros e primeiras edições, para a Biblioteca Municipal Mário de Andrade. Ou, numa outra versão, foi adquirida da viúva de Carpeaux para integrar o acervo de obras raras da biblioteca.

Seja como for, Kafka está no Brasil, mais precisamente em São Paulo, onde pode ser visto pelos seus muitos leitores na biblioteca mais antiga da cidade e cuja página de rosto ilustra este livro. Talvez daquela edição existam mais dois ou três exemplares no mundo. Um privilégio para nós. Mas não deixa de ser uma situação insólita. De certa forma, *kafkiana*.

Principais datas e obras

1883 – 3 de julho: nascimento de Franz Kafka, em Praga.

1889-1901 – Kafka frequenta o primário e o ginásio. Escreve pequenas peças e histórias infantis, que ele mesmo queima, mais tarde.

1901 – Começa a universidade.

1902 – Conhece Max Brod, que se tornará seu melhor amigo.

1906 – Forma-se em Direito e escreve sua primeira obra *Preparativos para um casamento no campo*.

1908 – Começa a trabalhar na empresa de seguros e, pela primeira vez, tem alguns contos publicados numa revista literária.

1910 – Viaja com Max e Otto Brod para Paris.

1912 – Vai para a Alemanha com Max Brod. Em Leipzig, acerta a publicação de suas narrativas com uma casa editorial de sucesso. Conhece Felice Bauer. Escreve duas obras importantes: *O Veredicto* e *A Metamorfose*. Começa a escrever *O Desaparecido*, mais tarde renomeado por Max Brod, passando a se chamar *América*.

1913 – É publicado em janeiro *Contemplação* e em abril, *O Foguista*, *um fragmento*, que viria a se tornar um capítulo do romance *O Desaparecido/América*.

1914 – Fica oficialmente noivo de Felice. Ganha o Prêmio Fontane de literatura. *A Metamorfose* é publicada. Começa a escrever *O Processo*.

1916 – *O Veredicto* é publicado. Faz leituras públicas de seu livro *A Colônia Penal*.

1917 – Segundo noivado com Felice. É diagnosticada a tuberculose. Rompe o noivado definitivamente.

1919 – Conhece Julie, de quem fica noivo contra a vontade do pai. *A Colônia Penal* é publicado. Escreve *Carta ao Pai*.

1920 – Em março conhece Gustav Janouch, de quem se torna amigo e mentor. Em abril, começa a se corresponder com Milena. Passa quatro dias com ela em Viena. Termina o noivado com Julie. Faz esboços preliminares para um romance *O Castelo*, e escreve vários contos.

1921 – Num sanatór io, fica amigo do médico Robert Klopstock. Entrega todos os seus diários a Milena.

1922 – Escreve *O Castelo* e *Um Artista da Fome*. Pede a Max Brod que, depois de sua morte, destrua todas as suas obras.

1923 – Conhece Dora Diamant. Muda-se com ela para Berlim. Os dois planejam mudar para a Palestina. Escreve *A Construção*.

1924 – Volta pela última vez a Praga, onde fica um curto período na casa dos pais. Escreve *Josefina, a Cantora*. É internado num sanatório perto de Viena, onde vem a falecer no dia 2 de junho, assistido por Dora, Robert e Max. É enterrado em Praga, no dia 11. No verão do mesmo ano, é publicado *Um Artista da Fome*.

Aperitivos
(para abrir o apetite do leitor)

"Alguém certamente havia caluniado Joseph K. pois uma manhã ele foi detido sem ter feito mal algum."

O Processo

"Vermes, longos e gordos como meu dedo mindinho, rosados e manchados de sangue, retorciam-se, fixos no interior da ferida, para a luz, com suas cabecinhas brancas e suas numerosas patinhas. Pobre rapaz, não tens salvação."

Um Médico Rural

"O oficial mostrava com o dedo o caminho exato que seguia a mistura de água e sangue. Enquanto ele, para tornar mais gráfica possível a imagem, formava um bojo com ambas as mãos na desembocadura do cano de saída, o explorador ergueu a cabeça e procurou tornar ao seu assento, tateando atrás de si com a mão. Viu então com horror que o condenado tinha obedecido ao convite do oficial para ver mais de perto o ancinho."

A Colônia Penal

"Mas, lá no seu íntimo, o jejuador não deixou de compreender as circunstâncias novas, e aceitou sem dificuldades que não fosse colocada sua jaula no centro da pista, como número excepcional, porém que a deixassem de fora, próximo das quadras, local além do mais, bastante concorrido."

Um Artista da Fome

"Nossa cantora chama-se Josefina. Quem não ouviu, não conhece o poder do canto. Não existe ninguém a quem seu canto não arrebate, prova de seu valor, já que em geral nossa nação não aprecia a música."

Josefina, a Cantora ou A Cidade dos Ratos

"Certa manhã, ao despertar de sonhos intranquilos, Gregor Samsa encontrou-se em sua cama metamorfoseado num inseto monstruoso. Estava deitado sobre suas costas duras como couraça e, quando levantou um pouco a cabeça, viu seu ventre abaulado, marrom, dividido em segmentos arqueados, sobre a coberta prestes a deslizar de vez, apenas se mantendo com dificuldade. Suas muitas pernas, lamentavelmente finas em comparação com o volume do resto de seu corpo, vibravam desamparadas ante seus olhos."

A metamorfose

"— Só porque ela levantou a saia — começou o pai a flautear —, só porque ela levantou a saia, essa anta nojenta — e ele levantou, a fim de representar a cena, seu próprio roupão e tão alto que se pôde ver a cicatriz de seus anos de guerra na coxa —, só porque ela levantou a saia assim, tu te grudaste a ela; para poderes te satisfazer nela sem seres perturbado, profanaste as lembranças de nossa mãe, traíste seu amigo e enfiaste teu pai na cama, a fim de que ele não mais pudesse se mexer."

O Veredicto

"Querido pai,

Tu me perguntaste recentemente por que afirmo ter medo de ti. Eu não soube, como de costume, o que te responder, em parte justamente pelo medo que tenho de ti, em parte porque existem tantos detalhes na justificativa desse medo, que eu não poderia reuni-los no ato de falar de modo mais ou menos coerente."

Carta ao Pai

Obras consultadas

Franz Kafka – *Diários*, Ed. Itatiaia

Franz Kafka – *Cartas a Milena*, Ed. Itatiaia

Franz Kafka – *Diários de Viagem*, Ed. Atalanta

Kafka, *Carta ao Pai*, Ed. L&PM

K., Roberto Calasso – Cia. das Letras

Franz Kafka, The Life and work of a Prague Writer, Ed. Fun Explosive (Praha)

Praga, La Città D'Oro nel cuore dell'Europa – Hans-Horst Skupy, Ed. GeoCenter International

Franz Kafka, *Cartas aos meus amigos* – Nova Época Editorial

Franz Kafka, *O processo* – Cia. das Letras e L&PM

Kafka – Gerard-Georges Lemaire, Ed. L&PM

Franz Kafka, Stories 1904-1924, foreword by Jorge Luis Borges, Ed. Abacus (Inglaterra)

Kafka – Robert Crumb, Ed. Relume Dumará

Kafka's Last Love – Kathi Diamant, Ed. Vintage (Inglaterra)

Les metamorphoses de Franz Kafka – Claude Thiébaut, Ed. Gallimard (França)

Kafka ou le Cauchemar de la Raison, Ernst Pawel, Éditions du Seuil (França)

Conversas com Kafka, Gustav Janouch _ Novo Século Editora

Franz Kafka and Prague – Editora Vitalis (União Europeia)

Kafka – Nicholas Murray, Ed. Abacus (Inglaterra)

Metamorfose e outros contos, L&PM e Cia. das Letras

Franz Kafka, *O Castelo* – Cia. das Letras

Franz Kafka, *Narrativas do espólio* – Cia. das Letras

Otto Maria Carpeaux – *Meus encontros com Kafka*, in *Reflexo e Realidade*, Editora Fontana Ltda.

Through the year with Franz Kafka – Harald Salfellner – Ed. Vitalis (União Europeia)

Franz Kafka – *Contemplação/O Foguista* – Cia. das Letras

The tremendous world I have inside my head – Franz Kafka – A Biographical Essay – Louis Begley, Ed. Atlas & Co. (Estados Unidos da América)

Notas da autora:

1 - Fatos, locais, nomes e datas citados neste romance obedecem rigorosamente às biografias consultadas.

2 - Todas as falas, especialmente as de Kafka, foram tanto quanto possível retiradas de suas *Cartas*, *Diários*, das conversas publicadas por Gustav Janouch e da *Carta ao Pai*.

O mais antigo manuscrito encontrado. Registro em um álbum do colega de classe Hugo Bergmann, 1898

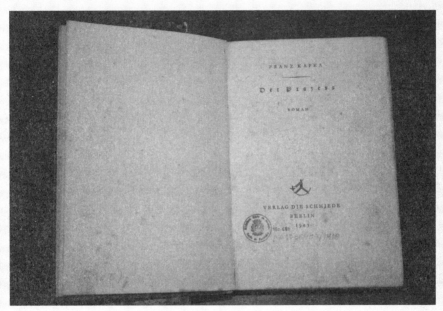

Primeira edição de *O Processo*, pertencente ao acervo da Biblioteca Municipal Mário de Andrade, de São Paulo. Só existem no mundo mais 3 ou 4 exemplares iguais

Este livro foi composto em Sabon, desenho tipográfico
de Jan Tschichold de 1964, baseado nos estudos de
Claude Garamond e Jacques Sabon no século XVI,
em corpo 11,5/ 15,5.